橄欖樹

蔡素芬

《橄欖樹》十六週年新版

自序

我讀大學時，很希望能寫點校園的什麼，但人在其中，反而感到距離過於親近，寫的反而都是與當時生活無關的作品。但寫校園做為心底一個潛伏的願望，沒有忘情。

直到離開校園七八年了，這個潛伏的願望才在一個契機下得以完成。

一九九四年出版《鹽田兒女》後，採訪的記者跟我說，覺得《鹽田兒女》還有後續，我說確實有些後續的想法並沒有來得及寫出，但不影響《鹽田兒女》的完整。因此後續的部分轉化為《橄欖樹》。為何是轉化？當時認為不能複製《鹽田兒女》的模式寫第二部，每部小說都應依它要表達的內容而有形式上的不同。《橄欖樹》應獨立自成一格，因之也藉以實現想寫校園的願望。書中年代背景的校園還沒有如往後幾年的學潮運動發生，往前回溯幾年則有民歌運動的產生。若要為學業以外的青年找到理想精神的話，民歌運動便是校園裡還具有社會理想色彩的聲音，因此便以民歌做為一個切入點，敍述年輕人的夢想與生活。但誘發點卻是這樣的，在學校活動中心舉辦的歌唱比賽裡，確實有〈橄欖樹〉的歌聲迴腸盪氣，與掌聲相擊，當是當時校園民歌的熱情餘音。

小說組構人生，常有借位，在現實與虛構間成就目的。十六年前的作品，記錄的是寫作當時的思考和鋪排手法，任何的不足或難以到位之處就當是一個軌跡，一個寫作的驛站，在到達今日之前必經的昨日。

有位年輕的讀者跟我說，因為看了《橄欖樹》，他想成為一位作家，往後，他真的實踐了他的心願，出了書。不管是因為《橄欖樹》的不足促令他想補足他想完成的，或是因為《橄欖樹》給了他某些感動或啟發而發展了自己寫作的能力，我以為這都是文字給人的慰藉，看到了一種景觀，而想到另一種景觀的存在，人們願意花點心力去到達另一種景觀所在之處。

《橄欖樹》做為《鹽田兒女》第二代年輕歲月的生活與情感表達，自有其與上一代不同的時代性。我無意將鹽田再搬演一遍，讓第二代在她的時代裡發揮她的想法吧。每個人都會有他的青春年少，一本小說無非努力的找到共鳴的可能。

十六年來的校園生活變化極大，現在的校園網路和手機遍及，學生族群的溝通方式進入E生活型態。生活的型態當然會隨時代隨科技進展改變，但是，情感與夢想的追求古今相同，小說努力想觸動情感的那根弦，讓讀者心裡，有自己的歌，輕輕迴盪。

橄欖樹

1

往淡水的平快火車，立在台北火車站的最後一條月台線，素樸的灰藍車廂透顯淒涼的風雨歲月。群立在月台上的乘客蜂擁而上，祥浩隨著人群擠上狹窄的車廂門。車廂內，和她一樣手提行李，肩掛背包的年輕學生占了大半。坐位是可以調整方向的長形座椅，學生四人對坐，玩紙牌打發車上時間。有些人打盹，有些人沉默望向窗外。

窗外的風光像一部倒述時光的電影畫片，從象徵文明進步的都市水泥叢林逐漸變換成疏落的鄉村景致，風蝕雨淋的痕跡在斑駁的屋舍外牆訴說歷史。

火車行進緩慢，站數多，每站都有乘客上下，把車廂擠了通滿，除了學生外，尚有擔竹簍的生意販子，也有工人裝扮的，有無所事事在車廂裡打發時間的，整列火車好似要去一個繁華但老舊的所在。出北投後，車軌逐漸與淡水河並行。這天溽熱，河上騰漫著一層灰淡濕熱的霧氣，河對岸八里也籠罩在彷似熱氣散發不去的灰濛中，山巒在對岸起伏，稜線漸往下行，隱入出海口。河的這岸，一大片紅樹林銜接，濃郁的墨綠樹林延向蒼灰天海，蒼穹之下，大地的氣魄。河向北流，悠遠流闊。火車順河而上，承載她去一個小鎮，一個在生命中未曾料及的小鎮，一個沿火車北上之後才在想像中生根的小鎮。

淡水鎮的火車站小巧獨立，內室沿牆設立木椅，乘客從火車下來，群湧入月台迴廊，往左向水泥建築側面的出口而去。祥浩將車票交給收票員，提著行李站在漆上淡綠油漆的建築前，比對手中的手繪簡圖，尋找學校的方向。公路局的車子在對街壅塞，乘客擠上不同的班車，他們有不同的目的地。路上來往的大小車子使站前狹窄的道路顯得忙碌不堪。

站前已熱鬧非凡，學生社團擺攤位迎接新生，攤位鋪著白桌巾，在車站斜遮的陰影下，四邊角落隨微風飄動，使暑熱有點緩解的作用。一位男同學見她生嫩模樣，主動走過來告訴她如何上山。她循指示而去，上坡路狹，路旁商店林立，餐廳、書店、相館、服飾行、小吃攤子，把狹窄的街，推擠得斑斕繽紛。照相館的玻璃櫥窗擺出巨幅女學士照，大都是從這學校畢業，在演藝圈有了名氣的女學生，清麗的相貌給商家借以招徠顧客。對大一新生而言，學士照特別有股刺激，在高中拚了三年，豈不為了有朝一日戴上那頂方帽？但祥浩一路上坡一路想著，那相貌原已相當清麗，不需特別的攝影技巧烘托，而且美麗的面貌並不能代表四年讀書的內涵，可世人向來是外表的賞心悅目可以得到立即的回饋。像她一路搭火車行來，不也被這倚河小鎮遠離市囂的景象所懾，而減淡了當初猶豫的心情。

由於就讀的決定很倉促，早已過了登記學生宿舍的時間，她按學姐的介紹信，沿地址找住宿之地。學校在山崗上，從這條上坡路走來，到了房舍漸稀處接上一道階梯，抬頭仰望，階梯之上仍是階梯，中間一道上了紅漆的扶手成了視覺唯一的支靠。她一階階往上爬，一邊數著階數，爬到中間，遇上了岔路往右邊林蔭處蜿伸，她無從選擇，立在原處，遇一學生，問了問手中地址，確定得再往上爬，她把行李從右肩換到左肩，心裡又默數起階數。在口乾舌燥、氣喘吁吁之際，她到了頂端，視線觸及立在那兒的一座銅像，及銅像正對著的一片遼闊領空，遙遙的河與山，無所遮蔽的視野，她篤定自己爬了一百三十二階才得見這片空曠的山水，入學的猶豫又已得補償。

繞過校園，在操場邊的一棟公寓停下來。門鈴旁一塊壓克力牌，寫著斗大四個字「男賓止步」。她按鈴，上了三樓，房東先生早等在那兒。房東並沒有太多的吩咐，給了她房租收據和鑰匙，看了看她的行李袋，就算完成租賃契約了。

六個房間割分這層公寓，每間房住兩個人，十二個女孩共用這層樓，客廳兩張會客椅，一面狹長形的鏡子，走廊盡頭是兩套共用衛浴和長形水槽，盥洗和洗衣就利用這水槽。她租到的房間早已房門洞開。她把行李移到室內，室內的右側牆上也有一面長方形鏡子，足可把人的全身儀態收攬無遺，鏡的對面是一組上下鋪，鏡中正折射出下鋪通往上鋪的梯影。

下鋪鋪了花色絢麗的床單與枕頭，床底下一隻大型行李，門對著一扇窗，窗外是陽台，窗前並排兩張書桌，其中一張空蕩無物，牆邊有一套簡單的布櫥和書架。祥浩了解那空的書桌和上鋪是方才那位房東收了她的錢後，給予她的空間。生活是這樣狹窄，小小的容身之處也得付出極高的代價。

磨石地板冰滑，還有剛擦過的水漬痕跡，祥浩把手提包放在空的那張書桌上，突然後面有響聲，回頭一看，一個嬌小的女子拿著一臉盆的衣物，娟秀的鏡架頂在小巧挺直的鼻翼上，身穿花色短衫短褲，肌肉勻稱，皮膚白皙，整個人乾淨清爽。她用疑問的眼光注視祥浩臉上凝泛的汗水。

「妳是大一新生？」

祥浩瞄了牆上那幅長形鏡一眼，鏡中的她，有一張暑熱的、茫然無知、泛著汗水光澤的側臉。那張側臉像生恐錯置了一個地方似的，用僵硬得陌生的聲音介紹自己剛從南部上來，英文系。

這個叫如珍的女子，以近呼尖叫的聲音說：「天哪，讀英文系？英文是我的天敵，我的大一英文才補考過，新室友竟然是英文系。」她一個勁自言自語，「我看妳最好把自己的東西打點好，地板我才擦過，我是昨天下午才住進來的，先選了下鋪，妳需不需要睡下鋪？」

「我無所謂。」

「我是睡了下鋪才有安全感，那我就不換了。」

祥浩望著床，空蕩蕩，床板上一層薄灰。北上的第一個夜晚，竟是無被無枕。

「妳今晚可以跟我擠一張床，或者等一下我請我男朋友載妳去山下買點日用品，妳需要床單床被和一個布櫥，學生走到哪裡，都是一張有被子的床、一張書桌、一個書架、一個衣櫥。」

「我以為有床具。」

「別傻了！房東的算盤比誰都精。妳也不會希望一張被子蓋了幾屆的學生吧？妳把床擦乾淨，我去樓下打電話，叫我男朋友來幫忙。」

她衣服也不換的下樓去。祥浩甚至連抹布都不知道哪裡去找，只好拿了掛在床底下橫桿的一塊濕毛巾去擦床板，那毛巾有些汙漬，想來就是室友拿來擦地板用的。還不知道人家姓名，這麼沒名沒姓的就受了幫忙。也是有緣，才來共居一室，否則與這女子，也不過路人。

阿良來的時候，天色已近黃昏，他直接上樓來接祥浩，兩人步下公寓，祥浩特別再注視門鈴邊「男賓止步」的壓克力牌，適好有別的男同學撳了鈴後直接進公寓，她心上明白了這棟私人出租公寓有一般學生宿舍的制式規定，但也只是用以符合規定而已，誰又管他男女進出，符不符合規定，唯靠自制。

阿良長得瘦削，一副深度近視眼鏡架在鼻梁上，厚厚的鏡片顯出他眼睛的細小，也更凸顯鼻頭的肥厚。他穿著襯衫和西褲，他的摩托車型式老舊，黑色的座椅已經沒有光澤，金屬板也蒙上灰垢。她跨坐在他後座，對突然坐在一位陌生男子的機車上感到驚異，這好像是上大學的第一課，接受所有過去不曾有的經驗，包括人際的交往。

她雙手拉住摩托車後座，車子在小鎮的窄巷穿梭，方正狹小的店鋪透露小鎮的風貌維持在數十年前，沒有太大的改變。讓她想起台南的佳里小鎮，也是長排的老式建築，一家店鋪連接一家，必有竹器行、金香店鋪、雜貨鋪、中藥行，每家傳出貨品的獨特氣味，那是她小時候從居住的村落進城的必經之地，也是家鄉以外的第一世界，凝聚著時光的故事與回憶。淡水的老店鋪也傳散著金箔紙的味道、竹編器具的味道、中藥材的味道，時光簡直要倒流，記憶裡的景象像發酵過一般，她對這小鎮油然生起一股驚喜與懷舊並具的感情。

機車繞到一家新式的寢具商店，阿良粗大的手掌把摩托車停妥在店前，他的腳跨下機車時，撞到車身，他不當一回事，好像碰撞已經成為他的一部分。他領她進入店內，主動跟老闆說明需要的東西。祥浩以為如珍娟秀細緻的臉龐和阿良這副以眼鏡為中心的瘦削面貌並不相稱。她無論從哪個角度看，也看不清阿良鏡片後的眼光。

但阿良有一副低沉磁性的溫柔嗓子，他說：「妳挑個花色。」

買賣東西，祥浩原不需他人助力，她站在一排布櫥前挑花色，才兩分鐘就選了一個藍色底、海鳥群飛的布櫥，並選了同色系的被褥。她向老闆殺價，老闆微笑著搬出成交的貨品。

阿良從車座下抽出兩條童軍繩，將布櫥綁在把手與車座之間，被褥綁在後座，她和阿良不得不擠坐在一起。她藉故找話題，問阿良：「怎剛好有兩條繩子？」

「繩子一直放在車上，方便臨時載東西。」

山崗上的學校，學生以機車代步，校內外機車如林，校園外的學生社區充斥了機車馬達的聲音，有些機車不知是代代轉手老舊了，或是有心人拿掉了消音器，轟炸般疾馳過街，劃破學園的寧靜。阿良的車子在山上山下兜了這麼一圈，祥浩約略得知附近機車的張狂。這情況是因勢而生，素樸的腳踏車在這座山崗上宛如沙漠之舟。

路經半山腰的商家，門前擺了幾個書架，阿良問：「需要買書架吧？」

「暫時不需要。」祥浩一眼望過書架，不假思索。那些摺疊式或拼裝式的四格書架，看來方便實用，正適合學生在外住宿讀書之需。但她同時心裡閃過一個人影，那是大哥祥春。祥春清瘦的、弓著背跨在支架上刨木的身影在她心裡生了根，但凡她需一桌一椅，必須是這位擅於木工的哥哥做出來的，才有共依共存的感情。她不知道這種情愫從何而生，只是想起祥春，她情感上就有所依賴，卻又寧可守著點距離，讓他心無旁騖。

「如果妳要二手的，我可以幫妳打聽。」

「不需要，我暫時不需要。」

這一晚，初到淡水，生命彷彿要聳動起來，幾個小時內，她接觸的人事與過去迥然不同，高中三年，平淡的，以學業為主的生活，雖然保有校際活動，都如短暫的漣漪，在水中盪漾一陣，水面又復歸平靜，而這晚，她走出了家的範圍，走出高中平靜的以讀書為要務的校園，第一次獨自在外過夜。完全過著另一種形式的夜，她的心像鬆開的翅膀，突然有了一片飛翔的天空。

阿良送她回寢室後，又呼嘯著機車離去。室內只剩下如珍和她。她把那布櫥拼拼湊湊裝了起來，掛上簡單的衣物。如珍一直站在陽台往樓下望，嫩黃色的細邊眼鏡在暉色下，映得容顏柔潤如蜜。如珍偶爾回頭從窗外看她，正如她也偶爾抬頭從窗內望她。她準備了衣物，正要去沐浴，突聽如珍對那樓下喊：「梁兄，晚上在不在？去你們那裡聯誼。」不知樓下怎麼回答。只聽得如珍又是一聲大喊：「Surprise（驚喜）。」

怎樣一個女子？身影小，音量大，不怕行人抬頭瞧她？

2

如珍領她，在暮色的餘韻裡，繞過面山與河的操場，繞過立在餘暉中與山河遙望的銅像，沿上坡，走向宮燈道，道旁兩排宮廷式教室，教室前的綠樹掩映，與宮燈相輝映，樹影、燈影，在暮色下典雅沉靜。如珍一路跟她介紹各建築物用途，祥浩如入寶山，想著今早與母親在高雄車站揮別，在火車上待了五六小時，夕日未落，倒已在一片花團錦簇與華屋美舍間了。

她們來到一棟大樓，大樓的二樓有塊鋪著綠毯的陽台，陽台旁有圓形迴廊盤轉到一樓，往上則大樓直起。她們登電梯直上十樓，如珍一邊介紹這是全校最高的樓，有一部分拿來當教室。

上課可以是在氣派的大樓裡，享受現代化結構建築，祥浩算是開了眼界，心裡開始浮上北上求學的興奮。待她坐在十樓餐廳臨窗的位置，一眼望見淡水河悠悠流經河洲，向出海口緩進，她彷若見到自己如河水般要流向一個目的地，而她不知所終，只隱約知道，有一個廣大的、不可知的將來，在那兒，等待她。

「挑這個位置，可以看到海和夕陽，很美是不是？」如珍將窗向外推了條縫，告訴她，河邊山坡上所見的那群住宅是某個企業的員工宿舍，那個面海的位置顯現了企業老闆的眼光和品味；淡水河流經的許多地方，河水汙濁，河岸凌亂，唯獨從這兒望下去，河道曲轉，優雅美麗，與夕日爭寵。

祥浩卻見如珍推窗時，手腕上有數道疤痕，因問：「這是刀痕嗎？」

酒紅的斜陽在窗邊徘徊，祥浩但覺自己太魯莽，那分明是割腕的痕跡，怕問到了人家的隱痛，倒是如珍落落大方，望著悠悠淡水河說起她的家在東部一個山邊小村落，母親開了一家雜貨店，山地人常來賒帳，賣出去的貨價永遠比收進來的帳款多，父親和一個山地姑娘好了幾年，母親因此痛恨山地人，一直想把店關掉，但關了店後，不知如何度日；家中還有一個姐姐，五年前嫁到小鎮上；而她的第一個男友，是那在小鎮上開鐘錶店的姐夫。她正念到《詩經》上「執子之手，與子偕老」的詩句，愈覺與姐夫的無緣相守，於是拿起小刀往手腕狠心割去，誰知那個黃昏姐姐來喚她，將她從鬼門關喚了回來。她一個星期不吃不喝，姐夫一步亦未跨入門來探望。

「這不是一刀割到底。」祥浩冷靜的說。

「怕割得不夠徹底，就多割了幾道，誰知淚流乾了，血倒流不乾。又要看這天天的太陽、月亮。」

「妳那麼傻，為一個男人。」

「可見妳不懂！」如珍遞給她一個無奈的笑容，「前人都把愛情說盡了，『問世間情是何物，直教人生死相許』，有一天妳會懂的。」

片刻平靜後，如珍說：「如果不是坐在這個位置，我不會告訴妳這些。」

不知幾世因緣，今日兩女子相見，如同舊識，如珍如赤身相見。她說，她先離開家，在台北的補習班待了一年，考進這大學，這期間不曾回家，學費、生活費都是母親遠從那山村送過來。母親老是說：「我與妳什麼深仇大恨，妳要去自殺，又不肯回家。」她雖向母親保證不再自殺，母親還是不時放下雜貨店工作，搭飛機來台北看她，每次都帶來一副關愛的眼神，使她覺得沉重。

如珍眼裡的淚水如星子閃爍。祥浩把餐巾紙當面紙，遞給如珍。

如珍把餐巾紙推回去。暮色已臨，河邊人家，華燈初上。

「祥浩，妳看那河上的燈光與流動的河水，像不像在跳舞？」

「相擁而舞。」

兩女子相視而笑。刮盡盤中物。暮色完全降臨時，河上已是一片燈火輝煌。

那時，夜已頗深，兩人談興仍濃，如珍忽想起事來，擲下手邊正在整理的錄音帶，說：「走，去找梁兄。他昨天回學校來，一大群人找他呢！」

祥浩既無睡意，也由她安排。下得樓來，隔了幾棟公寓，又走入另一棟公寓，這回電鈴邊掛的牌子是「女賓止步」，如珍俐落大方走上樓，鈴也不按。祥浩尾隨其後，揚揚人世，為了活得興致，某些規則可以視若無睹，這大學校園或許是這樣，祥浩雖亦想入境隨俗，可心裡如做虧心事般，放輕腳步，上到五樓。

再兩天正式開學，學生陸陸續續回校，五樓的男生宿舍，學生約莫來齊了，開學前心情輕鬆，有無數學習計畫正待進行，氣氛熱絡朝氣。同樓的男生，大都聚在梁銘寢室敘舊，談著笑話，哄然鬧出一陣笑聲，如珍領祥浩出現在梁銘門口，眾男生回頭一望，頓時鴉雀無聲。

梁銘用他愉快的嗓音銜接短暫的無聲，「小鬼，什麼時候回學校，那是新同學嗎？歡迎妳來。」

這群男生開始一個個和他們口中的小鬼打招呼，有幾個男生，用驚奇的眼光打量祥浩。梁銘站起來，伸手和祥浩握手，將兩位女生延請進來。他的手粗大平闊，一如他的身材，高大修長，肩膀寬平。她們和男生一起坐在地上，地上鋪著報紙，擺滿花生、滷味、零食，和幾瓶啤酒，還有一副撲克牌。

「妳說要聯誼，我以為妳會帶一票人來？所以我們這裡也準備了一票人。」梁銘半開玩笑，替她們補充兩個紙杯。

「我們兩個來跟你們一堆人聯誼，我們才算寶貝呀！」如珍說。

「妳都大二了。跟妳聯誼？有什麼稀奇。」一個叫炮口的男孩歪倚在白牆邊，兩腿盤錯，意興闌珊的望著這些人這些物，似乎一切與他並無太大相關。

「今天祥浩當主角，我的新室友，英文系一年級，以後各位大哥多照顧了。」

如珍給祥浩介紹這群男生，都是土木系前後屆的學長學弟，屆屆學生相傳住這樓，儼然已成土木系宿舍。如珍認為既跟她們的公寓有鄰居之誼，來拜訪一下也是應該。祥浩圍坐在一群男生之間，倒感到渾身不自在。剛從女校畢業，淳樸的校風不鼓勵與男同學相處，甚至和男校學生有任何聯誼活動，被校方發現，輕則小過一支。突然來到男生宿舍，聞到食物的味道、酒的味道、菸的味道，在這陌生的男人世界，最甜美的笑容也有幾分僵遲。她心裡不由盤旋，該不該任由如珍安排。這半天裡，如珍像個頑皮的打水漂兒的人，連續在她平凡寧靜的生活經驗裡打起漣漪。

如珍和這群男生顯然很熟，她跟他們喝啤酒，啃雞爪滷味，話題滔滔不絕。幾名男生移到別的寢室玩橋牌，坐在牆邊那個叫炮口的男孩，邀另一個叫小臣的男生，合力把如珍抬起往上拋，如珍給逗得驚叫狂喊。小臣說：「個子這麼小，老是來把我們吵得天翻地覆。妳上學期怎沒被當掉！」

「我賴定這個學校。不讀書還有本事all pass低空掠過。羨慕死你！」

炮口和小臣又把她拋了起來，她摔下來時，上下牙打撞，她揮了炮口手臂一拳後，他們開始談牙齒保健，爭執該不該拔智齒。

祥浩的視線在梁銘的書架上瀏覽。書架最上層一排錄音帶，清一色的民歌與交響樂。她脫口而出：「多衝突！」

「什麼衝突？」梁銘湊近詢問。

輕細似喃喃自語的聲音，逃不過梁銘耳膜，她頗難為情。擱下了手中的杯子，說：「前些時流行的民歌很清淺，無論是曲調或和弦，都在一個範圍內就結束了，交響樂集合多種樂器，內涵深厚，曲調繁複。兩樣比起來，簡直是清粥小菜和滿漢全席。」

「兩種口味換著吃，算不算生活哲學？」

「當然，每個人很有主見的生活方式就是他的生活哲學。能同時聽民歌與交響樂的，想必生活領域很廣，對許多事的接受度很高。」

「至少不是固執的只聽民歌或只聽交響樂。」

「但也固執的只聽這兩樣！」

這個大家稱為梁兄的人，忍不住大笑兩聲，笑紋將眉毛推向額頭。梁銘將一卷民歌放入唱匣，歌手的歌聲輕柔流出，像條緩緩的流水，對比出夜的寧靜。瀰漫著流浪與追尋情調的〈橄欖樹〉和充滿民族意識的〈龍的傳人〉，一首首清新動人的民歌相繼輕流而出。他們同時發現，室內的其他人已走空，一地的殘餚空罐，梁銘蹲下身子收拾，一邊說：「每次和登山社上山，到了山頂上，我喜歡仰看天空，放卷民歌，或與同伴放聲高歌！」

「難怪高山族都愛唱歌，山上一定有唱歌的情境。可是現在已是民歌末流了，為什麼非唱民歌不可？」

「我國高中時，民歌正盛，民歌陪我度過年少歲月，就變成我最懷念的歌曲了。」

隔壁寢室是炮口和小鬼的爭辯聲，混著其他男同學的笑聲，洞開的門戶外即是走道，熒熒的燈光，透露那走道屬於夜，或有睡眠的人，不受眾人談話聲干擾。祥浩和梁銘談書架上那些書。夜漸漸泛白，走道的光漸顯微弱，窗外有鳥鳴，樹影在窗玻璃上晃動。晨曦隱約中，小鬼蒼白的臉頰探向門邊，祥浩立即站起，向梁銘告別。

梁銘送兩人下樓，操場上已有早起的人在繞場跑步。河對岸觀音山，隱隱浮出晨霧。如珍說：「可把他們整慘了。」祥浩未語。如珍又說：「回去好好睡一覺吧，今晚有個舞會，我帶妳去開開眼界。」

3

祥浩並不打算過夜生活，但和如珍同寢室，就如搭同一艘船，有共渡共泊的義氣。如珍校園生活的資歷比她高一屆，她初來，仰賴如珍帶領認識大學。而今早入寐，棉布被褥未衰退的漿味在鼻息間繚繞，一個新地方，新生活的氣息充盈四周，在夢裡，彷彿仍有新床新被的新鮮感。

下午她掛了一通電話給在台北工作的大哥祥春，祥春在那邊略顯急躁問她，昨日來了，怎今日才聯絡，生活所需可安置好了？

她說一切都好，不要他操心。祥春希望馬上來看她。她說開學有些事要忙，過兩天她去看他。電話那頭欲說無言。

傍晚時分，她們穿越校園，從學校側門出來。門外無論商店或住宅，都以學生為主顧，幾家書店正對街路，恆時貼出新書海報。數條小巷分隔公寓住宅群，公寓底下多餐廳。大街斜斜橫切，直往山下去。如珍帶祥浩往下坡走了一段，向左拐到一條小巷，一家掛著簡餐、咖啡招牌的店家鐵門緊鎖，如珍往後門進入，老闆守在那兒，將她們迎了進去。

餐廳的客座已移開，場中空出一塊偌大舞池，沿牆貼立一排座椅，跳舞的同學陸續進來，天花板一盞絢麗的舞台燈，隨著輕柔的音樂緩緩轉動，閃爍的燈將在場的年輕人照得五彩繽紛，似乎每個人都熱鬧非凡。

「為什麼大門要拉下來？」祥浩問。

「學校不鼓勵私開舞會，抓到要處罰。可是只要不太張揚，學校多半睜一隻眼閉一隻眼。哪有大學生不跳舞的？」

如珍和幾個人打招呼，祥浩坐在椅子上，看著這陌生的舞池、陌生的人群，燈光絢麗流爍，彷佛夢裡一個不夠清晰的情景，只留下色彩流動的印象。而她是這樣怯生生的，因為自己對舞技的一無所知，因為那些互相打招呼的人，在舞會場所熟得讓她看到了自己窮於應付的窘態。

如珍從燈光迷離的所在走來，她手上拿了一朵玫瑰花。會場的音樂停止，燈光逐漸趨暗轉淡。祥浩問：「阿良來了？」

「不是，是一個仰慕者送的。」如珍清脆的笑了兩聲，將那朵玫瑰丟在一邊，坐回祥浩身邊，低聲告訴她：「對不起，不能跟妳介紹一些人。這是幾個社團合辦的，來的人我大多不認識，認識的那幾個不值得介紹給妳。等一下可不可以找到好的舞伴，就看妳的運氣。舞會馬上要開始了。」

燈光轉暗，舞會鴉雀無聲，在黑暗中，麥克風抖動著，發出刺耳的音波，顯示有人正拿起麥克風講話。那人說了幾句歡迎詞，然後宣布舞會開始。已然停止的音樂又悠悠揚起，天花板的四個角落流瀉淡淡光束。一對社團負責人在舞池中央舞開序曲，其他人相約進入舞池。優美緩慢的音樂，相擁而舞的人輕搖姿影，在舞池中旋轉、移位。是四分之三拍的華爾滋，熟練的、僵硬的舞步，在場中，與燈光混亂交錯。有些人在場邊喝紅茶，輕聲聊天。祥浩仍坐在原來的位置，腰骨挺直。為了避開注意力，她走到櫃檯倒了一杯紅茶，老闆在那兒放音樂，問她，是不是不喜歡慢舞。那個胖壯的老闆有一張觀音般慈愛的臉，但她相信他不是在辦慈善事業。進場時，她繳了兩百元，如果一支舞都不跳，簡直是受騙。她告訴老闆：「我才不會白來一趟。」

老闆將他那慈愛的眉毛往上挑，一邊檢查下首曲目，一邊說：「我看多了，高手都不輕易下場。」他瞄睨了她一眼：「我一看妳就知道妳是高手。」

是外貌的假象吧！祥浩捧裝滿紅茶的紙杯，看二三十對醉在舞池的男男女女。是音樂催化跳舞的情緒，音符從指間、髮間滑過。第二支曲子也是華爾滋，部分男同學重新邀舞伴，有人過來邀祥浩，祥浩以不會跳為由，拒絕他的邀請。她又添了一杯紅茶。大多數人跳不出華爾滋優雅的旋轉，那需要相當的默契，他們以僵硬的步伐做身體的搖晃。

第三支舞是快舞，是當時正紅電影《閃舞》的主題曲，曲調初起，方才沒跳慢舞的也似流螢撲蛾般的全下到舞池了。如珍舞到祥浩身邊說：「妳下來，跟我跳。」

祥浩沒有動，如珍像隻蝴蝶般飛著腳步和她的舞伴繞場跳到別的角落去。祥浩一隻手抵在櫃檯上，支著下巴，在幽暗的燈光下，她的腳跟著音樂的節奏打拍子，目光注意舞者的舞步，沒有一定的章法，只要跟上四拍的節奏，人就在音樂裡流動。到第四支快舞響起，從靠近店門的那團陰暗角落舞出了一團結實的影子，他旋轉身子，一隻手伸向頭頂，一隻手擺在肩膀齊高的地方往前伸，兩手配合身子的擺動，不斷在頭部上下做交換，在空中畫出柔軟的弧線。在重音的音節，他一腳旋轉，一腳懸空踢起，遒勁有力，低音處，身體如水流。他在舞池中獨舞，一霎時，整個舞池似乎都屬於他，他成為焦點，閃爍的燦爛燈影，成為累贅。那舞姿有別於其他人的身體節奏，大多數人跳得隨心所欲，只是從他人那裡學來或自創了一些輕易的舞步以求跟上節奏罷了，而這獨舞者的肌肉是受過訓練的肌肉，舞步是受過訓練的舞步，他與這小小的舞池和人群扞格不入。

祥浩耳裡只聽到這音樂，眼裡只剩這個人。四周的燈光，全為他而亮。

凝鍊沉醉的時刻永遠短暫。音樂停了。那善舞的結實身影突然不知退到哪個角落。場中有稀落的鼓掌讚美聲。在等待音樂的短暫空檔。交談聲、喝飲料的聲音、紙杯丟到垃圾桶的聲音。舞池絢麗的流燈緩緩轉動。音樂再起。

是支悅耳、慢節奏的舞曲，夢十七洗髮精廣告的主題曲。飄散著髮香的舞池。

一對對儷影滑向舞池。

祥浩握著半杯殘餘的紅茶。

方才那位獨舞的男孩走到她身邊。

男孩問她：「願意與我共舞嗎？」

她說：「我不會跳舞。」

「我會帶妳，只要有開始，就可以跳下去。」

男孩右手在空中畫了一個弧線，伸向她，她攀向他的手。舞曲廝磨耳際，燈光絢麗流爍，腳步隨音樂划開，流盪的片刻，流盪的人生，如夢、如幻，她彷若要走向一個迷離的所在，內心被那未知的樂曲和舞步激起了探索舞之樂趣的欲望。

4

校園頃刻間湧進了成群的年輕人，無論上課或下課時間，穿梭於校內兩大主要道路的學生人群不斷，道旁綠樹與藍天交相映，山崗上視野無所遮蔽，學生似乎在這無所阻礙的空氣裡舒展了身體，洋溢著靈動的青春氣息。

拿著球拍的學生去打球，挾著書本的學生在教室與圖書館間進出，還有成群散步的，往校外小店聚集談天。美好的一天也是新鮮的一天，過了漫長的暑假後，功課再差的學生也對校園留戀了起來。

祥浩和她的新同學在這清新活潑的氣氛裡展開了為人生做準備的功課，英文系在文學院，洋教授與許多叫喚著英文名字的學生把系辦公室與教室之間的通道地板踏得十分光亮水滑，留洋回來的教授，不管是老是少，是男是女，無可避免的，在那通道裡留下英文的交談聲；公布欄上，有半數以上的告示以英文書寫；視聽教室大張旗鼓陳列成排的視聽設備，供學生訓練聽力。祥浩一遍遍經過通道，經過教授研究室，經過學生離去後的冷靜空蕩的教室，既有置身異國情調的興奮之情，又有無所適從的茫然。進來英文系是隨波逐流，乙組的第一選擇，大家都說占著外文的優勢，將來找工作方便。而她在選志願以前，除了知道考上大學的重要外，讀什麼系成了次要的問題。她暫時的沒有目的，沒有目標。大一的課程，共同科目居多，經常和別班一起上課，整個教室沉沉壓著滿滿的學生，同學上課來，下課鐘聲一響就走，在開學之初，空有學習的氣氛，人情倒淡薄。她沒課就往圖書館去。時間極易流逝，她把空閒的時間拿來看書。對她而言，一本書代表的不是大學生的價值，而是金錢價值，為了不浪費購書的一分一毫，把書翻爛也在所不惜。

和她友誼關係較深的，反倒是同室日夜相處的如珍了。如珍讀中文系二年級，跟她抱怨，中文系的女生大都太安靜，她四處跳舞玩耍，成了班上的異數，她們以非我族類的眼光看待她。那些將詩詞文學當座右銘般成天抱著的同學正逐日散發古典氣息時，她因為貪玩而漸漸洋溢著新潮的現代感。她說：「為什麼我非得看起來像中文系，我讀詩讀文該跟我的外表有關係嗎？」她手上拿著大開本厚實的《文選》，和她臉上活潑機伶的氣質相較，那書顯得暮氣沉沉，可她專心起來，在書桌前埋在書頁裡，頭也不抬，一旦抬起頭，又似反叛著書的年代，滿腦子舞會和玩耍的念頭。她說著那些不滿的話時，眼底流露的不滿正彰示著她對那個環境的不以為然和叛逆。

「妳在乎別人怎麼看待妳？」祥浩問她。

「我喜歡用我自己的方式，不喜歡人家把什麼都定了型。」

如珍沒有太多束縛，她在室內經常不穿胸衣，讓薄薄的棉衫貼吻柔軟的胸部。她常去阿良那裡，阿良住在側門外的套房，室內有冷氣，她去吹冷氣。阿良的父親在證券行當經理，他從小和財富一起在父親的掌中長大。但她不在冷氣房裡過夜。

週末下午，如珍又去吹冷氣了。九月白天酷熱仍不去，祥浩想起祥春流汗的工作身影。她一刻不能等的下山搭火車往台北。上下山的學生，短衣短裙短褲，暴露於陽光下的皮膚，仍閃著反光的汗水。她原以為台北的夏天，不像南部家鄉那般灼熱，怎知那挾著溼氣的悶熱如此令人難耐。她腦中也閃現母親長期曝曬在陽光下略顯粗糙的容顏，總是和祥春的容顏不可分的同時浮現。

匆匆買了車票，趕上正要鳴笛的火車。幾天前才從這條軌道來到小鎮，如今又沿這條軌道行向繁華都市。幾天來，生命像換了全新的一頁，全新的面孔，她是離巢的飛鳥，看到天空的寬廣，享受沒有約束的自由自在。可她心裡一直有個陰影，以為日子不是這種過法，一定有個目標，有個所在。但她一時尋找不著。坐在車廂裡，任皮膚悶出汗來，又任灌入車窗的風晾乾汗濕。沿河行到密集市街，山河即遺落，她是為找祥春來的，祥春在攘攘紅塵裡。

祥春退伍時，她正在過高三寒假，她應付聯考與應付生活的能力在逐日減退。每天盼望著祥春回來，為家裡帶來刺激，以對抗日子的了無生氣和慌張。

祥春進門，他們兄妹幾乎相擁的時刻，客廳神龕後的小隔間傳出喧鬧的聲音，父親的聲音帶著得意炫耀的意味飄過來，說：「祥春回來了！我家大漢的回來了啦！」

「要回來給你生金蛋了。」麻將搓牌聲起。

幾名男人輪番從後間探過身子往客廳望，祥春的眼睛落在迷茫的煙霧間，疑問的眼光一點一點暗淡。

他越過神龕到後間，父親坐在最裡面，無法探身看他，他走來適與父親正面相迎。父親銳利的眼神使他渾身不自在，他喊了聲：「爸爸，我回來了。」父親坐在牌桌間因瘦削而顯得矮小。

賭牌的人擲了骰子開始另一新局，父親沒有離開牌桌的打算。

牌桌上有人說：「後生當完兵了，好娶某生子，你就可以當阿公了。」一桌子嬉鬧。

祥春欲往二樓去，父親在牌桌間重重擲出一張牌，喊住了祥春，斥喝他不懂禮貌，不懂招待他的客人。他從牌桌站起來，一拐一拐走到神龕那裡又繞回來。祥春看到他兩隻腳有些微的不平衡。在場的人都看到了。那是一場車禍，使父親受了一些身體上的折磨。父親用那隻受傷的腳，在混亂的牌桌前行走。祥春站在那裡，父子無語。在那混亂著外人的場合。

祥春跟隨舊日老闆去台北就業時，像壯士斷腕，沒有告別，但誰都知道他終要北上，誰都知道他從小就痛恨麻將聲，因為他常去麻將間找沉迷其間的父親，忍受著賭牌人的謾罵與荒怠。他在車站打了一通電話回來。只有一通。母親接到了那通電話。一家人，為了祥春的北上，說不上沉重或愉快，那變成生活的抉擇，每個人都要做的抉擇。

但她無法忘記祥春眼中逐漸失去的光彩。

在台北車站轉搭了一班公車，車在街上轉了幾個彎，乘客上車、下車。公車每次起動，排煙管就拖了一條長長的煙尾巴，她站在車上可以看見，這是台北，帶著一點汙髒、混濁的空氣，使人不能忘懷。

她在師大那站下車，沿著祥春給的指示，在附近尋找地址。走過一個凌亂的市集，在成群的日式房子後巷，一排嶄新的大樓立在巷底。她一步步走向巷底，在黃昏人潮來臨之前，巷子靜靜的傳來幾陣機器鋸木聲。是新大樓樓下幾家店面在施工裝潢。

她站在其中一家敞開的門口。

店內三名施工人員，祥春背對著她，半跪在地上以細砂紙搓磨一塊飾板的圓形彎角，手臂在悶熱的空氣中頻率性來回，露出一條條結實的肌肉。那半跪的背影在一襲黑衫下，顯得蒼勁有力，卻是清寂孤孑。她入內喚他，祥春回過頭來，放下手邊工作，唇邊浮起一絲笑意。

「妳來了！」祥春把沾滿屑灰的手放在牛仔褲上拍了兩下。另外兩名施工的年輕人緩下工作，頻頻向祥浩張望。

「這是我妹妹。」他語氣透露驕傲。搬了圓凳給祥浩。又從一個紙盒上抄起一罐汽水，嫌自己手髒弄汙罐子，找來一條毛巾擦淨了罐身才遞給祥浩。

「倒像客人了。」祥浩接過汽水，看到祥春額上躥下一條汗水直往胸前淌，她頓時失去喝的意識。

兩人各坐在一張高腳圓凳上，牆上一盞臨時掛起的工作燈，把兩人眼裡互相尋找對方臉上表情的眼光照露無遺。祥春先問：「上來這幾天還適應吧？」

祥浩問：「你一個人在外……」底下沒言沒語，眼裡閃動的那盞工作燈縮影在眼中膨脹。

「傻妹妹，每個人都要做點事的，這是我的工作，我很喜歡。一個人住外頭，習慣就好。妳現在不也一個人生活了。」祥春又拍了拍身上的木屑灰，好像除了這些事，他不知道做什麼。黑色T恤已經洗得泛白，木屑灰在上面畫了凌亂的圖案。

祥浩告訴他，一切都很好，比她想像的好。祥春問她怎麼個好法。她說，風景好，課程新鮮，年輕人穿梭校園，活力十足。他點點頭，眼睛注視腳尖，沒有說話。她沒有告訴他通宵夜談與舞會的事。

他過去幫忙兩名助手把四隻櫥櫃架到牆上，交代了一些事，就和祥浩走出店鋪。強力膠的味道與新木的辛辣味在逐漸降下的暮色中，漸漸淡去。他們的身影離開巷子，又走入另一條巷子。在狹窄的城市，狹窄的街弄，與成群過街的人簇擁，在樓群與人群的擠迫下，個人是那麼眇小。祥浩突然感到失落，兩兄妹得走在這些侷促的樓間與交錯凌亂的街弄裡。生命必然在哪裡發生大轉變。他們曾在空曠的鄉間與河為伍，與日月同起共眠，在一望無際的鹽田間迎風曬日，而後卻得在城市裡接受越來越壅塞的空間，接受隨著生長而來的生存壓力。祥春長期彎腰刨木，背脊略駝，歲月與生活的磨難不曾同情過誰。

他們來到一棟舊式的二樓建築，樓低矮、瓷磚脫落，預防宵小的鐵窗漆色斑駁，鐵鏽嵌在支條上。那扇改裝過的鋁合金大門是唯一耀眼的裝置。門內有個小小的客廳，一架用以排遣無聊時光的電視。廚房陰暗，無鍋無灶，一層灰在陰暗的台架上，沒有光澤。

祥春扭亮一樓往二樓樓梯間一盞熒弱的通道燈。磨石地板已然失去油亮的光鮮外衣，他們的腳印覆蓋地板老舊的容顏。登上二樓，窗口的亮光透向走道，三間房。祥春說，三個男人，一人一間，另外兩個就是剛才在店裡看見的兩名小助手，都是等著服兵役的年齡，離家的孩子，共居在這裡，習慣老屋的安靜樸素，外面世界就顯得過於繁華。

「年輕人怎可能一直關在這個樸素的地方？」

「他們頂乖，沒工作就回家去了。」

你呢？祥浩心裡馬上浮起這樣的疑問，她的眼神與祥春接觸，他眼裡孤寂冷靜的寒光刺痛她。她該知道答案。

祥春去沐浴，她坐在房內等他。遠遠的喇叭聲、車嘯聲，沒有靜息。薄陽在走道上，一寸寸減低亮度。長日將盡，而市囂不息。在城市裡坐看日盡，她突然感到時間流逝的威脅，祥春從入伍服役到退伍北上，兄妹見面次數極少，即已匆匆三年，她由少女長成，而祥春長出的結實肌肉透露男子氣概。她怎能坐等時間流逝，徒然感傷日子的變化。她動手整理祥春臥室，把枯等的時間填滿，把對長兄的愛，透過指間的動作傳達。

一床、一椅、一桌，一面自製的衣櫥，所有衣物放進去還占不到一半容量。祥春是這樣苛待自己。她回過頭，祥春倚在門邊，說：「走，帶妳去吃飯。妳這幾天一定沒好好吃。」

「我室友待我極好。」她把如珍的親切告訴了他，當哥哥的好像稍微放了心，臉上浮起釋然的笑。

往餐廳的路上，祥春買了兩個便當，繞到剛才工作的店鋪，將那兩個便當交給助手。助手坐在木屑灰中，就著亮黃的工作燈吃起便當，年輕的臉龐，飢餓的吃飯聲，燈光下額頭浮起的青筋。數年前，祥春應該也有那樣一張年輕的臉龐，在燈光下，飢餓的吃著便當。

「如果我不來，你還會繼續在店裡工作。」

「工作必須按期限完成，裝潢絕對講究完工信用。我們通常日夜趕工。」

「我耽誤了你的工作。可是我希望你不必晝夜都在那堆木材間工作。」

「工作也有樂趣的，就像妳讀書。」

「你的老闆不來嗎？」

「他同時有幾個工程，這個工程我負責，一切支出向他報帳就是了。」

裝潢工作不固定，有時忙碌，有時無事可做，無事的時候，祥春如何打發時間？她雖有這樣的疑問，但她不問他，除非他自己講。他是個自由的人，他也是個成熟的人，他有權利運用他的時間，不需告訴任何人。

那晚臨別，祥春要送她回淡水，她不肯，只讓他送到車站月台。祥春問她：「中秋節快到了，妳會不會回家？」

「才北上，不想馬上回去。你呢？」

「妳不回去，我自然得回去。」

她沒有問他要在家停留多久。火車在遠處鳴笛預示進站，月台上的人急擁到軌道邊，祥春拿出幾張鈔票交到她手上。說：「留著用。」

她把鈔票推回去。

「暫時夠用。」她說。

兩人推擠間，祥春把鈔票塞入了她的背包。火車開駛的笛聲催響，她站在車窗內望著祥春的身影在月台蒼白冷漠的燈光下逐漸變小。眼眶突然覺得很熱。和夏夜的悶熱一樣，在全身蔓延。

5

大一的課程，一學期修二十幾個學分，雖是四年裡最吃重的，仍有許多空堂的時間可以利用。校園處處可見社團活動與招生海報。活動中心前，社團整日擺攤子，叫叫嚷嚷，學姐學長坐鎮攤位，鼓吹新鮮人加入社團。九月底的校園，仍若初秋，夏天的綠意不去，這濕潤的依海小鎮，樹梢長青，四季各有花開，滿園綠樹紅花與那色彩紛呈的海報相映成趣。

她與如珍同在文學院上課，為了課程之不同，有時在別的教室上課，如珍有更多機會在宮燈道的中國式建築教室，那兒符合中文系典雅的氣味。她和如珍各自忙著自己的課業，白天鮮少機會碰面。

這天，祥浩結束早上的兩堂課，打算回宿舍給舊日同學寫信再接下午的兩堂課。腳步姍姍穿過活動中心，中心前的社團招生熱潮仍熾，幾十個社團的招生活動，使人眼花撩亂，祥浩左顧右盼看海報，突地有人喚她。

她循那聲音望去。

是如珍和梁銘，站在登山社的攤位前向她微笑。

「祥浩，過來，來參加登山社！」如珍扯著亢奮的嗓子，過來把她拉到攤位前。

她跟梁銘打招呼，梁銘鼻梁上的方框眼鏡使高大魁梧的身材更顯莊重持穩。自初次見面夜談後，這是第二次見面。幾天裡，她曾試著回想他的容顏，但除了他的聲音，她對他的容顏無所記憶，猶如一張白紙。而她北上的第一夜，與這容顏如白紙般難以記憶的男子傾談至破曉。現在這男子站在她面前，與她相望。她再一次看見他的容顏，彷如看見初來那天的自己。對四周環境充滿無知的新鮮感。

「開學都好嗎？」梁銘問。

「沒有問題。教室都搞清楚了。」

如珍遞過來一張登山社招生簡章，說：「梁兄是新任社長，我來幫他拉社員。妳看，我是最好的活廣告，人這麼矮，也能參加登山社，上學期和他們一起去走中橫的山脈，走了三天兩夜。祥浩，妳來吧，梁兄很會照顧社員，每次到了山上，都是他替大家做稀飯吃。妳知道山上壓力小，水不容易煮開，梁兄很有耐心的守著爐子搧火。找妳的同學一起來參加，爬山再健康不過了。」

如珍似乎有發洩不完的精力，她甩著頭說話，將宣傳單遞給每一位路過的同學。好奇的新生靠近攤位，她用同樣的理由將梁銘當作社團的正字標記推介給他們。梁銘的眼光卻不曾離開祥浩，也似乎不曾關心如珍那串招收社員的語彙。他探詢祥浩那對幽黑的眼眸，用極輕的聲音問她：「吃過中飯沒？要不要一起去吃。」

忙著招生的如珍耳尖，用手肘推了推梁銘，說：「那你們去吃吧，我留守攤位。」

「不要，一起去，大家都要吃飯的。把那些宣傳單放在攤位上，有興趣的人自然會來拿。等一下如果有社員來，也會自動來看著攤位。」梁銘說。

三人往側門走，那兒餐廳毗鄰，上坡的地方大都是價廉的自助餐，下坡是消費較高的簡餐和咖啡店。他們找了一家自助餐店，排隊點菜，每家店吃飯的學生，隊伍排到馬路上。手上拿著的保麗龍餐具，在陽光下，彷彿要融化。機車不斷呼嘯穿過人群。嘈雜的正午，嘈雜的餐廳。幾支電扇在餐廳的天花板上運轉，細細嗡嗡的聲音，被學生的交談聲淹沒。風扇送下的風，吹得用餐人髮絲貼住唇角，吹得餐巾翻揚。梁銘幫如珍和祥浩將餐巾壓在餐盤下。他們開始談登山社。風扇吹涼了飯菜，吹熱了一餐廳滿滿的人潮。

梁銘說暑假又去穿越中橫山脈，五個男生，背著沉重的糧食和露宿用具，蹬著厚實的登山鞋，從東邊的山腳下爬起，爬了六天五夜，晚上在樹林間搭帳棚，裹毯取暖，他們的飲水逐漸沒了，找山泉水，夏日的山溪多乾枯，往往走好久的路才尋求一條山上竄下的小水柱，將水壺灌滿，又繼續攀爬。山下的平原在雲彩的組合下，變化出各種不同的景致，視線所及，海平線與蔚藍的天空連成一片壯闊的天地，但他們的汗水在烈陽下吸盡他們的精力，腳程逐漸弱，他們缺乏足夠的食物支撐腳力。第六天清晨，在下坡的路上，他們企盼道路，企盼囂譁的市集與人聲，企盼遠遠的，傳來一聲車鳴。將近中午，烈日正要騰上中天，他們來到山腳下，來到鋪著柏油的路面。他們躺在柏油路面，以衣服為墊褥，將烈日遺忘，他們沉沉睡去，像躺在雲上般的，身上從沒有過的輕柔。他們在黃昏中醒來。回頭望山。因感受到自己從那片山林中走來，更覺山形蘊含了生活的境界，他們坐在路邊，因幾天勇敢的探險，而驕傲的望著山峰微笑。

梁銘的飯菜給風吹涼了，如珍催他快吃飯，一邊說：「爬超過三天的山，你就不肯女生參加，真是歧視我們。」梁銘回答了什麼，祥浩聽不清楚。餐廳學生紛來沓去間，一群男生輕快的走出大門，她瞥見一個側影，使她懷疑是那晚向她邀舞，舞姿出眾得令人傾倒的男生，她熟悉他深長的輪廓和若有所思的神情，那晚上，他的眼睛在幽暗的燈光下，始終無視於他人，既說不上狂狷，又不似頹廢。

那側影迅速消失，像暗夜中的閃電照亮一切，卻又迅速歸於黑暗，她不確定真正看到了什麼。

梁銘三口兩口，吃淨眼前食物，視線又回到她臉上，她想著那個側影，回過神來，和梁銘四目交接，梁銘眼裡，似乎有許多問號，他眨了兩下眼睛，問她：「怎麼樣？要不要參加登山社？」

想起登山的配備，一雙鞋，一套耐磨衣物，一個登山背包，及那些消耗不起的長日假期。她說：「我不參加，什麼社團都不參加。我要當個自由的人。」

如珍驚訝的提高聲量，說：「哪有新生不參加社團，總要挑一個呀！」

「不要勉強她，也許她要找她喜歡的。」梁銘推了推眼鏡，眼裡的問號變成一種溫柔的諒解，那溫和的眼光甚而有點慈愛在其中。祥浩轉過臉去，故意不把這話題當一回事，她想起母親，一樣的慈愛溫和的眼光，讓她難以承受。

外面的陽光很亮，他們走出餐廳，也走出方才梁銘說的登山經驗，好像重新要去過一天似的。他們故意從側門繞道活動中心後面，那兒有一大片草坪和一道花廊，一個噴水池，在陽光下閃亮水紋。經過郵局，再爬上幾個台階，要道別時，梁銘問：「中秋節妳們要不要回家？」

「才開學，今年中秋節當然在校園過咯。」如珍說。

「我也不回去。」祥浩說。

「那就找幾個人，去淡海賞月。」

淡海在哪兒？祥浩尚無所知，她用那幽深的眼神向如珍和梁銘探尋。梁銘放緩腳步，若有所思，眼光從祥浩的髮間穿越，望向淡海的方向，用手指了指那方向，說：「在那兒，妳到了淡水，第一個該去的地方就是淡海。」

「你也愛海嗎？」祥浩問。

「山跟海我都愛。不過更愛山，因為每次登山都很辛苦，回味特別多，自然愛山比較多。」

「那你是山的孩子，我喜歡海，喜歡水。我是水的孩子。」祥浩說。

「那豈不合了《紅樓夢》賈寶玉說的，男人是泥巴做的，女人是水做的。」梁銘說。

如珍一旁插話：「我是既愛山又愛水，那我不成了雌雄同體？梁兄你比喻失當，仁者樂山，豈能和賈寶玉貶抑男人如泥土汙髒相比？」

「妳是中文系，在既成的思維模式拘泥慣了，把文學都當成莊嚴不可侵犯，跳出來玩笑一下不可以嗎？」梁銘笑看如珍，寬闊的嘴唇拉開了，有一種天地豁然開朗的氣勢。

「你那不正經的用法，把文學美意全破壞得庸俗不堪。」

祥浩不太理會他們的談論，她心裡已注滿一汪大海，寧靜無邊。在台階頂端，路的邊緣，她要道別。如珍說要去找阿良，她往側門走去。祥浩想往銅像的方向去，梁銘喚住她，從口袋掏出一卷錄音帶。

「我頂喜歡的一卷，好不容易在店裡找到一卷存貨，每天都帶在身上想送給妳。」

她拿過那卷錄音帶，跟他說謝謝。他那寬闊的、微笑的嘴唇好像要迎風起舞。祥浩往銅像方向走去，她忘了告訴梁銘，她曾參加高中的合唱團，還組了一支五人小樂隊，她喜歡唱歌一如喜歡睡眠，是一種自然的、發自內在的能量。她想，她不需要告訴他，有一天，水到渠成，他或許會有些驚訝！

6

已然是中秋月明。夜間部停課，一向熱鬧、燈火通明的夜間校園驟然安靜。樓宇之上，明月皓然。女學生宿舍前面有幾番繁華，男女學生相邀賞月，等在宿舍前，人影浮動。相形之下，宮燈道冷清異常。多半住宿學生離開校園，以他們的方式度過異鄉的中秋節。

梁銘找了幾個朋友和祥浩、如珍一起到淡海。大家以機車代步。

從山上下來，往東北走，公路左面已是臨河，岸邊散置人群垂釣，視野逐漸開闊，梁銘沿路介紹淡水，機車的音量掩蓋他的聲音，風在一旁打擾，她得俯近才聽得到。她感到他的溫熱，如此鄰近，卻又未有足以親暱的原由。風月在那兒搬弄，倒顯得風月有點傻氣。

淡海外已停了許多汽機車，賞月的人群逐漸聚攏。他們深入沙灘，走到離人群較遠的一端，鋪了紙張塑膠布，或坐或臥。炮口一個人坐在塑膠布外，他穿了一條海灘短褲，半截大腿沾滿沙子，他還用那雙粗大的手掌，不斷撥沙子到雙腿，嘲笑眾人：「來沙灘還坐在塑膠布上?來沙灘不和一身沙回去，何必來？」他脫掉球鞋，率先走向海灘，走向水波。

他們一群人都隨炮口到水裡去，秋夜的海邊，涼意帶著幾分蕭颯氣息，海水冰涼。但戲水的人多，熱鬧降弱了涼意。炮口不斷用腳打水，似乎要和他人玩起水仗，他人避開，他把自己一身打得濕淋淋。

如珍站在遠遠的水域看他，問身邊的祥浩：「他像個小男孩是不是？」

「他知道玩的樂趣。」

「他很聰明，你看他那粗獷不修邊幅的樣子頂討人厭，可是真有一套生活方式。」如珍直盯著炮口瞧，眼睛瞇成一條細線，像在估量一件東西的價值。

祥浩讀她的眼神，問她：「妳喜歡他？」

如珍不語，轉身向海走了兩三步，海水淹覆小腿。她望向海，月光下，海水粼粼。

祥浩跟上來。片刻安靜，她們往回走，沿海線向沙灘的另一方漫步。如珍雙手交插在胸前，半戲謔的說：「我喜歡的人可多呢。」她放開手，加快腳步，幾乎跑了起來。

「阿良今晚怎不陪妳？」

「他是父母的乖孩子，他家在台北，得回家團圓。」

「不帶妳去？」

「還沒過門呢，團圓什麼？」她轉身往炮口那方，真的跑了起來，邊說：「跟你們玩比較有意思。」

如珍越跑越快，和炮口的身影重疊，兩人身邊水花四濺，一高一矮的身影，在水灘追逐打鬧。

祥浩沒有跟上去，走回灘上鋪著塑膠布的地方。大家都在水裡玩，留了幾雙鞋在灘上。她坐下去，雙手圍住彎曲的膝蓋。她望向海面，旁邊沒人打擾，海完全屬於她。

許多年前，當她還是個小女孩，俯在外公的膝上認字，外公的毛筆蘸著墨水，在紙上寫她的名字教她認，她家鄉有條河，源流細長，向西部外海豁然匯注，外公說，「浩」在水上，極大極廣，可承載星斗日月，她第一認得「祥浩」二字。後來她也認得母親的名字「明月」。在家鄉那條河上，有月的晚上，月光落在河上，把河梳洗得溫和柔美。她抬頭望月，既想到母親，也想到了自己。那深深的，向海注入的河，河上泛著月光。

眼前這片大海深廣無界，月圓清輝照在海上，轟隆隆的浪聲，和在長空旋迴的輕微風聲，使灘上的人幾近瘋狂。年輕人放沖天炮、戲水，也有人在上灘的地方架火烤肉。碎裂貝殼反射月光，隨處發亮。家裡的人此刻正在做什麼？她第一次不在家過中秋節，但有祥春在，母親應有幾分安慰。她是離巢的鳥，已在自己的天空飛翔。

梁銘從沙灘往她這方向走來，她看見他了，結實的雙腿，高大的身材，方正的眼鏡，用仰角向她這裡凝視。

身影逐漸走近。

「不好玩嗎？怎麼自己在這裡？」

「我不想把自己弄得濕答答，坐在這裡看人頂好。」

「冷眼旁觀！」

「倒沒這麼用功。坐在這裡胡思亂想罷了。」

「想些什麼？」

「漫無目的。」

「妳還能知道自己漫無目的，我從來就不知道自己漫無目的。」梁銘頗有感慨，在她身邊坐下來，兩對光裸的腳丫並列在沙洲的月光下。他們都盯著自己的腳丫，不再看月亮。海上風濤，像一聲聲似有若無的嘆息。

梁銘挪了挪身子，彷彿在拒絕月光在祥浩側臉畫出的優美弧線。

「前面的人生都在玩，渾渾噩噩，只顧讀書考試，考上了大學也沒特別的目的。現在大三，才開始有點警覺。」

「我們不都以為考上大學就是讀書的最終目的了？」祥浩也拋了一個問號給自己。

「那是錯的，大學的科系很多，念錯科系等於浪費四年。」

「你呢？怎麼打算自己？當個登山家？還是土木工程師？」梁銘躺下來，雙手交叉在腦後。注視那枚暈開的月。

「我常在山上看月亮，遠近高低，月圓月缺，它的姿態不同，看的人也有心情起伏的不同。但通常看到它，難免特別有情調。今晚能夠和妳在一起看月亮，很幸運。」

「你說哪裡去了?還沒回答我的問題。」

「我喜歡登山勝於讀書，但登山不能當正業。只好選擇讀書，繼續考研究所。」

「然後?」

「教書吧!我頂喜歡校園。」

一隻飛蟲在他們之間不規則的飛繞，一會兒停在她的髮梢，一會兒又撞到梁銘的手臂上，好像在跳舞，卻跌跌撞撞，極笨拙的舞姿。她伸手驅趕，那姿態合著一種音樂的節奏，梁銘仰躺著，只見到無垠天空的星子與月亮，還有她的人與驅趕飛蟲如舞的手臂。他輕輕唱起一首民歌，雄渾低沉的歌聲撩起夜的情調。祥浩也有躺下來觀月的意願，但沙灘被梁銘占了，她如何能躺下。即使只是坐在身邊俯看他，也已覺沙灘只他們二人。她想逃往哪裡去，梁銘的歌聲卻不容打斷。她不自覺的輕哼曲調，為他和音。

「妳的音質很好。」梁銘在換歌的空歇時說。

祥浩和音的聲音逐漸減弱，到最後只剩下梁銘的歌聲。她從音樂中醒來，在月圓的沙灘上兩個人合唱，她突感到過於親狎的不安。

在他們前方，戲水的同學走上來，炮口全身濕答答，旁邊是如珍，短衫和短褲還在滴水，其他同學圍著她，半濕不濕，全往這裡來。

如珍的腳步彷彿在漫步，祥浩原以為沙灘令她舉步困難。他們走近時，她才發現，如珍的嫩黃鏡邊眼鏡不見了。

「眼鏡掉了？」她站起來扶如珍，如珍濕答答的手臂冰冷如露。

「死炮口，把我眼鏡打掉，被海浪捲走了。」

如珍氣猶未息，舉手作勢要推炮口，炮口一閃，如珍撲跌在沙灘上，下半身沾滿沙泥。梁銘從背包掏出毛巾和一件夾克。祥浩接過毛巾，替如珍拍掉身上的沙泥，幫她穿上夾克，但一穿上，夾克也濕了。

「你們這樣玩，等會又騎摩托車吹風，不是太孩子氣了？」梁銘又丟了幾條毛巾給其他濕淋淋的人。

這幾個濕了身子的，坐在沙灘上，夜沉，他們發抖，不遠處人聲喧譁。祥浩聽到如珍牙齒打顫，炮口坐在最外側的一邊，望著大海，一語不發，像個犯了錯的孩子，不知用什麼理由去搪塞他的錯誤。

他們離開的時候，沙灘上仍聚集許多賞月的人。沖天炮此起彼落飛向海的方向。月明輝澄的夜晚，喧囂、嘈雜、擁擠的慶典。

翌日早上，如珍本來有課，祥浩留在寢室，她的課排在下午。她坐在桌前讀書，已接近中午，背後躺在床鋪上的如珍遲遲不見起身，向來尚不曾如此昏睡，她湊近一看，如珍雙頰嫣紅，但神色厭厭的，如朵桃花，被下鋪的陰暗遮掩光華。祥浩心裡正覺不妥，如珍雙眼半睜，眼神迷離。

「如珍，妳怎麼啦？」祥浩半彎著腰，湊近仔細瞧她。

「半夢半醒，我希望這樣一直睡著。」如珍半瞇著眼，聲音細弱，身子一動也不動。

「妳似乎不太對勁！」

「我發燒了。昨晚真是要命！」

「不該那樣玩的。」

「可是我躺在這裡，一直想昨晚玩水的事，沒有一個晚上比昨晚美。」

祥浩摸她額頭，十分滾燙，她馬上下了決定：「妳得下山看醫生！」

「那得看我起不起得來。」

「什麼關頭還講這種話。我馬上叫阿良來載妳。」

她即刻到樓下打電話給阿良。阿良用剛度完假的懶懶的聲音接電話，一聽如珍生病，匆匆掛了電話趕過來。

如珍這時用被褥蒙住頭，阿良進來，將被褥拉開，一張了無生氣的小臉龐埋在枕頭裡，雙目緊閉，猶如痛苦的囚刑。「怎麼會這樣？」阿良重複詢問，近乎自言自語，他低下身子。

環手抱起如珍，發現如珍身子太軟，又喃喃說道：「不能用機車載，得叫計程車。」

「不必，我可以坐你的機車下山。」如珍睜開眼，奮力從那團被褥爬出來，阿良始終小心翼翼攙扶著她，像對待一塊易碎的白玉。她和阿良將如珍帶下樓，阿良將如珍抱上機車後座，他跨上車子，拿出童軍繩，將他與如珍的腰部牢牢纏繞了數圈，又牢牢的在自己腹前繫上一個結，回頭跟如珍說：「妳可要把我抱牢，不要滑下去。」

機車轟的疾馳而去，祥浩站在那兒望著那慌張的車影，倒擔心童軍繩一繫，萬一如珍虛弱的身子滑了，原是要固定她的美意，可能成為驚險的特技畫面。

那天在十樓餐廳，如珍說，愛的最高境界是「問世間情是何物，直教人生死相許」。她當時覺得是一個抽象而模糊的概念，但看見阿良攙扶如珍的那份小心翼翼，她心裡流竄過一種難以言說的情愫，使她的臉頰感到一股燥熱，她從不曾見一對男女可以如此肌膚相親。以前讀女校，和男生交往僅止於言語間賣弄知識，何曾想到肌膚之親。

她去上課時，如珍仍未回來。在教室熬過兩個小時必修課「國父思想」，她先到側門去找阿良。阿良寢室緊閉，門口貼著一張課程表，下午沒課，阿良必然仍和如珍在一起。祥浩回到校園，往宮燈道走去，繞過銅像，宿舍在不遠處，操場上有學生上體育課，銅像下坐了五六個學生，在那兒談天，對面觀音山恆靜。校園的一天，沒有因如珍的生病而改變。芸芸眾生，各有其生活軌道。

走到公寓樓下，一個人，形態安靜的站在樓梯口，面向觀音山凝望。是祥春，肩上一隻背包，手上一隻大袋子，低垂到地。他的安靜，老讓她感覺暮色即將降臨，雖對白日無限憐惜，但暮藹的深沉，實有大地的穩重之色。

她喚他，他也看到她了。

「怎麼來了？」

「妳的宿舍沒有電話，沒辦法通知，我今早搭火車，先來看妳。」

她望望他手中沉重的袋子。

「媽媽給妳送冬衣來了，她說過了中秋，天氣要轉涼了。」

祥浩要帶他上樓，祥春猶豫的望著「男賓止步」的牌子。祥浩說：「別理那牌子，不過是個樣子。」

她打開房門，房內空蕩蕩，如珍床鋪上的被褥皺成一團，留著她下床時掀開的痕跡。祥浩把那被褥摺好，憂傷的告訴祥春，她的室友病了，男朋友載去看醫生，兩個人都沒有回來。她省略了昨天晚上去淡海戲水賞月的部分。她不知道為什麼遊玩會在他們之間成為一種忌諱。是祥春的安靜和刻苦，在他刻苦的形象之下，在她身上近於享樂的部分，都成為頹廢的象徵。

她問爸媽好嗎？祥春的注意力在她的房間。他說：「妳缺一個書架。」

她總覺得祥春最體貼，一眼就看出了她的需要。

她沒有讓他在房間裡逗留太久，在公寓裡進進出出的女學生顯然驚擾了他，他的談話常常因客廳有人走動和同樓層室友的寒暄而打斷。在這個男賓止步的樓層裡，他感到不自在。

他們去校園，祥浩帶他認識這個山崗上的學校。祥春肩上只剩一隻簡單的背包。他溫文的氣質和顯現在臉上的經歷，在校園中顯得老成持穩。無論走到哪個角落，都有年輕的、過於稚嫩的臉龐。那些臉龐有一種有恃無恐的自在。是黃昏，氣溫陡降，每個人都變成和氣候一樣清朗和煦起來。草色特別綠，教室從來不像教室，像觀光景點、旅遊特區。他第一次來到大學校園。他走得很慢很慢，仔細觀看四周，似乎連一根草都不曾錯過。祥浩知道他想什麼。這是他夢想中的一種生活背景，生活方式。在夢中，一剎那就過去了。

她回到剛才那個話題，問他，家裡怎麼過中秋節。

「擺了兩桌，」他略帶嘲諷的，視線觸及後山空曠的梯田，他凝視那些接近收成的翠綠稻禾，「他們依賴麻將過中秋節。他們不需要節口。每一天對他們來講都一樣。」

他說的「他們」，其實是父親。而母親，是一個無辜的角色。母親為那些來賭牌的人料理餐飯。母親別無選擇，因為祥春退伍後，丈夫不再喜歡工作了。他偶爾去工作的碼頭，大部分的時間賦閒在家，而她自己也不再去貨櫃場工作，她曾經去別的地方找事做，但丈夫找人來家裡玩牌，有一次賭牌人吵架，把家裡的幾扇玻璃窗打壞，她去報警，警方不來，警察已收取了她丈夫的賄款。她為了顧念家的安全，為了怕那個病弱的先生在牌桌上死亡，她辭去工作，隨時等候丈夫的差遣，隨時等候牌桌上可能發生的死亡陰影。

「媽媽呢？」

「我想她想逃開，但她逃不開。」

祥春的凝視，從那片梯田回到祥浩的臉上，目光像隻鷹般，令她覺得他是來攫取她，監視著她的一舉一動。

「媽媽不放心妳，她要我多照顧妳。」

他的凝視充滿憂慮，她覺得不堪負荷。「我不是孩子了。我在外面就是學習獨立，就像你一樣。」

她表現她極倔強的一面，不讓祥春繼續話題，她要求他在離去前陪她到山下診所找阿良和如珍，她相信如珍正躺在哪家醫院或診所的病房裡。

暮色中，他們在淡水小鎮沿街尋找診所，除掉中藥行，西醫診所不多，主要幹道只有一條，她沿幹道兩側行走。探過了兩家小診所，都沒有住院部，往渡船頭的方向走了一陣，才在一家旅館旁邊看到稍具規模的診所，她直覺如珍在那裡。推門問掛號處，護士小姐指指二樓。她一步步登上二樓，祥春尾隨其後。他坐了一天火車，又轉車來小鎮，頭髮有點凌亂，上衣鬆鬆掛在褲腰上。

樓上只有四間病房，如珍那間門敞開著，如珍躺在雪白的病床上，覆蓋她的被褥也是雪白的，冷冷的，不生病也像病重的樣子，滿室藥水味，阿良坐在床邊椅子上，他拿著一枝濕潤的棉花棒，低俯身子，將那棒子上的水分輕輕壓在如珍乾燥的嘴唇上。如珍闔眼睡覺。

阿良聽到他們進來，他欠起身子。

如珍睜開眼，看見祥春一頭濃密微亂的黑髮，黑髮下瘦削、斯文、異常沉靜的臉龐。陷在白色枕套中的如珍，臉色略顯蒼白，眼神迷弱，她努力集中焦聚，枕套太大，使她的臉顯得小而細微，她黑亮的短髮稍稍彌補她失去的精神。祥春看到這個虛弱的女子，無助的躺在病床上，他的眼神落在她那張蒼白的小臉上。

「妳真會找。」阿良說。

她向他們介紹祥春。問如珍的病況。

「發高燒，醫生希望今晚住院觀察。」阿良解釋。

「是診所生意不好，他們當然希望病人住院。」如珍說。

如珍認為她該回到宿舍裡，吃退燒藥就好了。阿良堅持不肯。後來如珍嘲笑他：「你太有錢了，不在乎這一點點住院費用。」

那表示他們已經有了承諾，阿良負責一切醫療開銷。

祥浩要求晚上她過來照顧如珍，阿良堅持他要照顧，要整夜守在如珍身邊。他已經在床邊準備了一把躺椅。祥浩不再說什麼。

她和祥春離開診所，兩人沿來時路，漫步到火車站。祥春沒有多話，他跟大學生有段距離，他剛才彷彿站在一段距離外看著病床上那個蒼白虛弱的小女生，和她那位鍾情的男朋友。好像到了大學總要談戀愛的，他望著祥浩時，臉上是這樣一種質疑與確定的表情。

祥浩對著他那質疑與確定交混的表情說：「替我釘個書架！我除了看書外，無事可做了。」

這個大哥特地為她送來母親親手整理的冬衣，明天，他又要回到職場與木料為伍，那是他的生活，很早以前，命運牽制他提早離開學校，他說他要成為木工師傅，他選擇學習一技之長，為了成就弟妹讀書。如果與這台北大都會有任何牽繫，那也是因為都市的另一方，住著她的大哥，使她感到有一個共通的聲息，在城市裡呼吸，在城市裡互相閃耀關照。

整列車廂竄入淡水鎮的暗夜，竄入淡水河畔的微風中，除了平安的祝福，她無法給予祥春更多。他來看她，成為她的負荷。寧願承受的負荷。

回程她又繞到診所去看如珍。阿良適好外出吃飯。

如珍這回笑得很甜美。要祥浩坐在她身邊。

「妳回去告訴炮口，這病因他起的，他得來看我。」她故做小聲，「不過得阿良不在的時候來。」

「說不定他也躺在床上發著高燒呢！」祥浩以為如珍開玩笑。但片刻靜默後，如珍眼角淌下兩行淚，她用被角輕輕掩去。

祥浩抽了張面紙給她。

如珍接過面紙，捏在手裡，用幾乎哽咽的聲音說：「我一直覺得他故意打掉我的眼鏡。」

也許阿良還沒發現，如珍鼻梁上那副細緻的嫩黃色眼鏡，已經不見蹤影。

如珍痊癒後，她們又參加了幾次舞會。

許多學系喜歡邀英文系新生跳舞，如電子系、機械系，他們有那樣的傳統。而英文系上少數的男生給排除在外，除非他們學長學弟結盟邀請其他系女生跳舞，否則他們只能眼巴巴看著系上的女生和別系男生跳舞。在新生的舞會中，祥浩優游自在，自從第一次現場觀察學習以及那位善舞的男同學帶她跳了一支舞，她學會了一些舞步，抓對音樂的節奏，腳下就顯得輕盈流暢。但像吉魯巴這種需要兩個人密切配合的舞姿，她只能在場邊觀摩，她還不知道旋轉的竅門。曾經，如珍扮演男伴，在兩人共處的房間互相學習，但如珍比祥浩矮，教導祥浩旋轉時，祥浩得略彎身子才能在她高舉的手臂下旋轉身子，好像在一個侷促的箱子裡伸手腳似的感到束縛，如珍也模仿不來男舞者的動作。如珍試圖請梁銘教導祥浩，但梁銘不跳舞，他只在場邊看大夥人玩樂。而炮口每參加舞會，只是隨音樂起舞，亂無章法，他也不屑請女生跳舞，他一向獨舞，自得其樂。

她們就在舞會裡跟著比較有節奏感的人學模作樣。如珍嬌小，舞姿輕盈靈活，她跟著音樂跳，她和音樂隔著表現的距離。祥浩試圖與音樂合而為一，但只要她聽著音樂，考慮舞步時，她就知道自己舞姿笨拙得一如在場的所有人，他們只在音樂的邊緣做享樂的陶醉。她想，梁銘不參加舞會是冷靜的表現，舞會的喧譁和他的民歌與古典音樂相悖離。好幾次，她在舞會裡想著不跳舞的梁銘，堪可對比自己的浮華虛誇，在熱鬧的音樂場邊，消耗時間，消耗可能因讀一頁書而帶來的飽滿愉悅。但在虛無的空虛感侵襲時，在音樂激昂挑動時，她心中同時閃現一個人影，那個初次帶她跳舞的男孩，他曼妙的舞姿，身與樂結合的力量，在每一條結實的肌肉展現，使整個身影清晰，使她在每一場舞會，都可以感覺到他就在那聲與光影之下凝聚眾人的眼光，她費力往跳舞的人群蒐尋。沒有，所有的期待只是一場幻影。

每次，她幾乎為了一場幻影，而接受邀請。她一直以為，她會在舞會中，再次看到他。

7

期中考期間，所有校園活動沉寂下來，在活動中心底層，社團辦公室毗連，平時那裡總是聚集著熱烈討論社務的學生，有些社團晚上有活動，常有一兩間社辦燈火燦爛，直到夜間部最後一堂課的下課鐘聲敲響，才熄燈歇息。而此時，在攸關學期成績的考試前夕，活動中心底層靜如久蒙塵埃的廢墟，連一向自命不凡的校刊社社員，也關掉了恆常燈火通明的社辦。

祥浩沒參加社團，平常看著校園裡熱鬧的社團活動，只當是種常態，這幾日裡，從校園經過，過分的沉寂，倒使她意識到社團的存在。去郵局寄信時，她特地繞進社辦中心。地下室一旦失去社辦的光亮，就顯得晦暗不堪。那一間間大偃旗鼓的社辦，門口約莫都貼了期中考期間，請勿打擾，或不接受社長通緝等俏皮話。詩社門上貼的是：「為了燃放熱烈的青春火焰／請允許我們／為知識柴薪做長夜的苦讀」。走到最內裡的角落處，校刊社門上貼著：「再不讀書，你就要被當了。」直截了當。她走到登山社，門上貼著一張高山圖，一隊人背著登山袋仰望山峰，圖旁一行小字，寫著：「有更高的山，等待我們攀爬……」她立在那圖像前，想起梁銘，這是第一次來社辦中心，為何選在這樣無人的時候，她亦說不清。

溜梭了一圈，正待離去，忽聽得校刊社裡有聲響，她略感驚擾，扭門的聲音在寂靜晦暗的中心，特別響亮。她無處可藏身，因不屬於任何社團，沒有哪一間社團是敞著門做為她來社辦中心的藉口，頓時有作賊心虛的感覺。

那開門的人出來了，正扣上門往透光的出口而去，他手上挾了一本書，她背光，兩人在晦暗中相迎，彷若在幽暗的舞會燈光中互相尋覓，相邀起舞。

他的問話如雷電閃光：「妳找什麼嗎？」

她還算鎮定，回答他：「我這樣子像在找什麼嗎？」

他笑笑。有一種詫異的、志得意滿的神色，在他長形的臉上綻放。他的鼻梁高挺，使他的臉特別立體，他有一張薄唇，濕潤、善於講話的那種。他的身體修長，肌肉緊實，他斜著身子站那裡。是他，那個在舞會中凝聚眾人眼光，邀她跳了一支舞的男生。

她問他，大家都在考試，他來這裡做什麼？他說，考試不值得那麼緊張，他來社辦找一本書，他手上有鑰匙。他問她：「妳在哪個社團？」

她想問他，你記得我們曾跳過一支舞嗎？但他似乎無意去挑起兩人認不認識的話題。他們往出口走，她跟著他。她說：「我沒有參加任何社團。」

他還是笑笑。在出口的薄陽下，她看清楚了他，他的眼裡有一種尋索的神情，深沉、神祕，又茫然似的，不太在乎身旁的東西。他跟她道別時說：「如果妳還沒有中意的社團，可考慮校刊社。」然後他在郵局門口走向小徑往側門去。她在原地立了一會兒，才往另一方的宮燈道離去。他們自然的分走兩條路，連道別亦不曾說。短暫的相遇和禮貌的問候，就像校園裡的任何年輕人遇上另一個年輕人。

走了幾步遠後，祥浩開始感到這不平凡的一刻，竟是在毫無預警之下發生了，她等待中的幻影，真實的站在她的面前，他們的四周不是燈影流爍、群眾擁擠的舞會場所，而是個她從來不曾想去的空間，沉靜、晦暗、空無一人。是潛意識帶她去見他的嗎？他在舞會大展身手的放肆招搖，使她無法將他與校刊社聯想在一起，那是個雄辯滔滔，自以為精英，嚴肅且不愛流俗的社團。

她心底萌生一股興奮、悵惘、無所依憑的複雜情愫。促使她加快腳步回到宿舍，從抽屜裡取出一把口琴。她需要一個宣洩情緒的管道，這把口琴是最好的慰藉物了。如珍埋首用功，她不願為了宣洩個人情緒而打擾她。她拿了口琴，在如珍疑問的眼光下走了出來。

她走到校園的銅像下，坐在台階上，對著觀音山吹口琴。

這把口琴是數年前搬家時，她從包裝箱裡發現的，母親悠悠說起那把口琴是年輕時人家送的，一直壓在箱底，母親將口琴轉贈給她。於是，口琴成了她的一部分，無論走到哪裡，她覺得應該帶著它。口琴低啞的聲音，有濃濃的淒切情境，容易擾亂思緒，而她喜歡那種擾亂。她會想起小時候與父母移居高雄，居住在矮房窄巷，幽暗的房間，歲月一年年過去，他們兄妹四人長大，在泥土與木板的夾縫裡，日子一去不回。口琴的聲音，毫不留情記載陳年往事。

幽暗的房裡，她俯在窗前，等待雨後泥土散發的潮濕味，等待一寸寸升起、又一寸寸滑逝的陽光。等待變化。

房裡經常有吵鬧的聲音。久賭晚歸的父親坐在餐桌前孤獨的用餐，母親在爭吵後，臉色澹澹，坐陷在曬乾了的一家六口的衣服前，低頭摺疊。誰也不敢多看父親一眼，兄妹圍著低矮的圓桌做功課，他們知道父親賭輸錢。天色昏暗。他們用沉默對抗昏暗，對抗已來的風雨或靜息的波浪。恐懼在沉默中滋生，未來，像一根長長的鞭子，在她心中，成為威脅。

父親開心的時候，就像窗外斜射的陽光，把窄小的斗室照得生氣蓬勃。他和母親談工作同事，談趣聞，談一隻破了洞的鍋子應拿去哪裡修補。她以為幸福指日可待。但多年後，她了解自己始終錯覺，斜射窗口的陽光，總是迅速移位。

父親發生車禍，病在床上及往後的日子，是個黑洞，她除了讀書，沒有表示太多意見，但她心裡設計了一百種逃家的方式。那個為生活奔波的母親，傳遞給她隱忍的訊息。她如果離家，她就一文不值了。受苦最深的母親，尚且撐張羽翼做為家的簷蔭，她如何有理由逃脫。

祥春退伍前半年，母親突然不做事了。她說她再也不去貨櫃場。母親整天在家裡，不斷的清洗一切，瑣瑣碎碎的東西，不斷和以體弱為藉口、懶於工作的父親講話。他們不再爭吵，父親發脾氣時，母親不是閉嘴不再談論，就是走出家門，她展現了氣定神閒的包容力。父親把注意力轉移到她身上，他問她為什麼放學後就躲到自己房間，他躺在床上喃喃自語：「久病無孝子。」所有的孩子似乎都和他對立。所有的孩子在他面前都不再講話。

有段時間，她不再讀書，就是聯考前那段日子，她希望自己不如考不上學校，和祥春一起為家裡日漸負債的經濟負起責任。在那半年裡，她變得漫不經心，對所有事。祥春從台北回來，看見她學校模擬考成績單，問她：「我犧牲自己的學業，如果成就不了妳，我何必當初？」那天，他把手上一瓶剛飲盡的可樂罐頭捏成一團歪扭的廢物，嘴唇緊緊的抿成一條下弧線，她從沒有看過他那麼嚴肅。祥春是一條無形的鞭子，在她頹喪將失去自己時，一鞭將她抽醒。

現在，她在這裡，脫離了家裡十幾年來給她的陰影，但也發現，無論做了什麼事，過去的陰影像那去了再來的浪，一波一波沒有止息。浪注定要來拍打著岸邊。

她在那裡吹著繚繞低切的琴音。銅像前的車道偶爾有汽機車行駛的聲音，短暫的馬達聲，橫逆揚起後，去遠。沒有誰會注意她的琴聲，他們是急於路過的人。過於剛烈的喧雜聲淹蓋一切，反而使她溫柔的琴音得以找到隱密的宣洩處。

8

考完試那天，如珍在祥浩桌上留了一張條子，寫著：「我去登山社，和梁兄他們共同慶祝考試結束，妳有空也來。」

祥浩其實一早就考完最後一堂課，那是一堂英文的口試，外籍教授坐在講堂上，學生輪流向前和他對話，他問家庭，問平時讀哪些課外書，問喜歡哪些運動，問最喜歡的作家……，無非是考英文聽說的能力。祥浩上前應答了三分鐘就結束了期中考週的最後一堂了。她去圖書館看了些書，也借了幾本書，正想拿來打發考後的下午。看見如珍留的條子，若是平時，她並無興趣去社辦中心，但今日，她讀了數次條子，心中若有所待。終於闔上剛借來的書籍，往社辦中心去。

午後時分，社辦中心已然恢復生氣，中間通道擺了數張海報紙，不同社團的同學或蹲或跪，蹲擠著製作海報。樓上傳來國樂社在活動中心演練的樂音，琤琤琮琮的音韻，使樓下這些趕製海報的活動顯得異常熱鬧。油墨的味道把整個通道都浸濕了，濕在五顏六色的絢麗異彩裡。古蹟社辦前正在舉辦一場拓碑觀摩，一群人圍在一塊小小的複製碑前看學長示範拓碑過程，馨香的墨水味混合在這一片絢麗的色彩裡。祥浩尚不及看遍通道內裡，途經登山社，正見梁銘在對七八名登山社員講話，梁銘面向門，兩人四眼交接，祥浩無可拒絕那眼光，向門裡走進，這一群人的眼光隨梁銘眼光的轉移，全回過頭來注視祥浩。

桌上擺滿零食和飲料，醬瓜子甘醇的味道和牛腱的辛辣味加深釘滿紙張的室內的凌亂感，如珍神色怏怏托臉抵著會議桌，手上握住一罐啤酒，半個肩膀斜靠在桌面上。

梁銘向其他人介紹祥浩，說她是即將加入的登山社員。祥浩走到如珍身邊。如珍無精打采看著她。自從那把嫩黃邊眼鏡給浪捲走後，如珍戴了隱形眼鏡，秀挺的鼻子再無遮擋，她的眼睛愈加靈秀清亮，但這時，像睏倦已極的懶狗似的，眼瞼半垂。她原以為如珍來此尋樂。

「歡迎妳第一次來我們社辦，真是請都請不來。」梁銘笑得唇嘴上揚，毫無掩飾，為她撥過來零食和飲料。別的社員也跟她打招呼。幾個人出去了，又幾個人進來了。她發現他們只是閒聊。或者說，來聽梁銘的指示。

梁銘說，他們要開始籌畫寒假去登大霸尖山，去之前，要請曾去過的登山老手來講習，要草擬路線圖，要先為新社員多辦一天的登山活動，做為暖身，訓練新社員登山常識和技巧。

新社員圍到梁銘手上攤開的資料前，是一頁頁的登山地形圖，不同的海拔高度圍成圈，標出形勢。

祥浩湊近如珍，問：「怎麼了？」

她們的聲音輕柔得彷彿兩人不在室內。

「不知道，原是很高興來的，來了就沒有預期的高興了。」

「是因為誰沒來嗎？」

「妳不該這麼聰明。」

「妳臉色不好，最好回寢室休息。」

「我再待一會兒就走。」

梁銘還在那兒討論，祥浩悄悄走了出來，她往通道的底部走。她的眼光不自覺往角落的校刊社望去。大開的門內人影隱約。她了解如珍期待的心情。雖然不確定了解得多深，但揣測那必如掉了一根針，想撿起來，非撿起來不可。她繞過滿地的海報和那些製作海報的人。她走進校刊社。

一位頭髮垢亂的高年級男生坐在長方形桌最重要的位置，她輕易了解他的地位。那個男生嚴肅，沒有一絲笑紋。側邊坐了另一位男生，削瘦，抽菸，低頭看書。有兩三位女生正在聊天，其中一位因看到一隻蟑螂爬在一疊嶄新的稿紙上而發出聒噪刺耳的尖叫聲。

另一位和這三個女生坐靠近的男生即時說了：「一隻蟑螂有什麼好叫的！」

她進來後，所有聲音停止，尖叫亦停止。煙霧淡淡飄散，沒有笑紋的男生用疑問的眼光盯著她，三個女生幾乎同時問她：「有什麼事嗎？」她們也對她投來疑問的眼光。

這是個善於用疑問去看待事物的社團。她感到背脊寒涼，隨時有什麼會從背後攻擊她似的。她伸手撫了撫背後，確定沒什麼東西在那後面，才說：「我想加入社團，現在還可以加入嗎？」

幾對眼睛同時露出訝異的疑問。有個女生先說：「校刊社只有開學才招收新社員，而且要甄試篩選。」

居中的那位男生拉動他臉上孤傲的肌肉，請她坐到一張椅子上。他用不算靈活的眼光打量她，以及嚴肅的語調詢問她：「為什麼決定來校刊社？」

社團那麼多，為什麼她走進了這裡？原來不打算參加社團的。眼前這個下頦青髭如刺蝟般的男生這麼令人不喜，她為什麼非來這個社團不可？她聽到自己以極肯定的聲音說：「編校刊是個特殊的經驗，我覺得有趣。」

「妳留下妳的資料，兩天內交一篇作品，我們會找幾個人根據妳的資料和作品，和妳約時間進行甄試。」

「什麼樣的作品？」

「不拘，詩、小說、散文，或一篇自傳，我們只是要看妳的文采。」那個人的下頦伸向了天花板的方向，眼神往下俯視，睥睨一切，帶著劍的光芒。

她向那劍投出一個招伏入鞘的姿態，望向方才蟑螂爬過的那疊新稿紙，說：「不必等兩天，我可以現在就寫。」

「妳好性急。」剛才那個尖叫的女生一邊說著，一邊從抽屜掏出了幾張稿紙給她。

不尋常的安靜，彷彿深怕打擾她而感到抱歉。她無視於那安靜，無視於眾人的抱歉。她覺得走入了這裡就是需要一個答案。她只在稿紙上寫了五行字：

在光與影的交錯處
凝聚的眼波
摔碎一地如流的姿影
繽紛滿地的
是獨舞的彩妝如幻

那男生注視這五行字，良久，他把它遞給抽菸的那個，又遞給另外那名男生，流到三名女生手中，那男生自我介紹了。他說他是這期校刊主席兼總編輯，他指向其中一名叫胡湘的女生，那是副主席。他和副主席，和那個抽菸的乾扁著下巴的副總編輯低聲交換意見。她在那裡好像等待他們的宰制，她感到躁熱亟欲離開。等到他們其中一人問她解釋這首詩時。她站了起來，說，落於言詮，就不再是詩了。她走到了門邊，那個主席說：「明天我就將妳編入小組。我們會把開會通知放到妳系上的信箱。」

她回過身子走到主席那裡，在他面前，交付著什麼心情般的填全了她的資料。

走出校刊社，站在那天那個男生與她碰面的地方，心裡一股異樣的感覺。製作海報的人群，坐在地上等待顏料乾涸。大考後的時日漫長得彷若失落重心。顏料即使乾涸也覺黃昏久久不來，只能坐在那裡閒扯，等待時間過去。她不過是走進一個社團，又走了出來，這短暫的片刻在多年後竟成了無需時間的永恆意義。

她走回登山社，如珍坐在原來的位置上，心不在焉的和別的社員交談。梁銘站在書架前，像獵狗一樣警覺到四周的變動，抬起頭來一眼抓住了她臉上的得意神采。祥浩走近梁銘身邊，她的頭頂只到他眼鏡框架的高度，她仰起頭，兩人眼光相迎，她看到他眼底那點詢問的問號。她低聲說：「我剛剛加入了校刊社。」

片刻沉默，梁銘抿嘴勉強擠出一絲笑容，將手中的新社員資料卡往桌上一拋，說：「出去走走吧！」

祥浩跟隨梁銘走出登山社，走出那充斥廣告顏料氣味的通道。外面草坪蒸騰著陽光的餘溫，散坐著聊天與曬太陽的青年。他們在樹蔭下坐下來。

「進校刊社是被選擇的，那是個有才華的社團。怎麼會想去編校刊？」

「我不知道。」

「妳一定早就打算好了。」

她沒有辦法回答這個問題。那天碰到了那個人，敦促她由著潛意識指引走進那社團，主席的孤傲使她因反抗而決定當下挑戰被選擇的實力。

「偶然的，我進去寫了一首詩。如此而已。」

兩人並膝坐在蔭裡，梁銘伸出手來，覆蓋著她放在膝上的手，輕輕滑過，說：「將才華發揮在編校刊上，是替全校服務，值得慶賀。」

他話還沒講完，祥浩站了起來。梁銘的手滑落了，空氣裡草香滿盈。祥浩自顧自往前走，她留心梁銘的反應，梁銘那隻手好像無著落似的放進褲子口袋，與她並肩走來。沉默了一段路，方說：「尊重妳的決定。」

兩人走在校園的繁花綠葉間，她不確定他是指她進社團還是指她拒絕他。她沒有追問。她還沒有做好準備，不要知道答案。就這樣走下去，她喜歡這種淡淡的，帶著一點夕日餘暉的溫情。長久而綿亙的。

煙雨濛濛，天氣明顯轉涼。初冬時節，山崗上颳起的風吹在皮膚上絲微冰冷。學生撐傘抵住斜斜飄來的細雨，從這個教室換到另一個教室上課，有些學生帶著一點浪漫的情調任細雨吹打，濕著頭髮去上課。

有幾場演講的海報在雨中淋成水花，連演講者的姓名都模糊不清。祥浩此刻站在一幅巨幅海報前，海報慎重貼上透明膠膜，裡頭兩個跳舞的男女在淋濕的膠膜裡相擁，女人高高在上，右手合掌向天空挺伸，腳尖托起全身後仰成一個望天的弧線姿勢，男人半蹲抱著她的膝頭，他們的緊身舞衣在雨珠裡擴大了肌肉的緊密度，彷彿要跳出雨珠起舞，是現代舞表演的校園宣傳，舞場在台北市的國立表演廳。這對象徵著現代女性意識抬頭的遒勁舞影引導她去尋找門票價格，在海報左下角發現接近四位數的價格令她洩氣，連這樣一場聲勢浩大，在校園廣為宣傳的現代舞集創作她都無法隨心所欲觀賞，她感到自己的拮据和窘態，她每花一分錢就想到父母在牌桌間逐漸老去的歲月，她在剝削他們的尊嚴和生命。思及此，她坐在活動中心花園的花架下，面向培養花樹的溫室，無人的，一片綠林，臉頰淌水。一隻鳥在雨中濕淋淋飛來，像她身上的形狀，來和她共輓似的，站在水泥椿上不走，張著尖喙向她鳴叫。鳥的舉動分散了她的傷愁，她望著牠頭頂上藍色的小冠，寂寞在那跳動的小冠上得到安慰。樹葉間透出一點陽光時，藍鳥數次振翅抖掉雨珠後，循著陽光的方向飛去。陽光爬過花架，照在她臉上，烘乾年輕臉龐上的水露。祥浩看看錶，上課時間，鳥已飛去，陽光在雨後把樹葉上的水珠照得閃閃發亮。一切變化無損於舞蹈海報的存在。為了海報上那個舞的姿態，她決心想辦法弄到門票的錢。

在上課前，班代從系信箱拿來一疊信，發給同學，也有她一份，她的舊日同學都已知她宿舍地址，誰又將信寄到系信箱，納悶間，信上字跡陌生，每個字都像個卡通造型，或拉長腳或把口字寫成氣球飛翔般，沒有發信地。拆開，稿紙上同樣飛舞的字跡寫著：「妳被編到我這組了，我們即將共事，希望有機會和妳見面討論。」以下是徵求她同意的見面時間，地點在校刊社社辦。署名晉思。

是封召集令！她將屬於一個社團，替一群人做事，加入校刊社是那樣突然的只為反叛那個睥睨一切的眼神，只為意識中有個舞蹈的影子和音樂的節奏。也許她更適合去參加音樂性的社團，也許應該維持原衷，什麼社團也不參加。這一切已無法改變，她得正式的走入校刊社辦，正式的和一群人一起工作，正式的屬於一個團體。必須和別人有所接觸時，她才感到大學生活的開始。如果只是自己埋首在書堆裡，不進學校處處亦能自習學問。

所以，那天，她去赴約，是中午，學生進出社團最頻繁的時刻，通勤的學生將社辦當休息站，住宿的學生偶爾在這段午休的時間與社員碰面。社辦人聲喧嚷，有人大聲辯論著什麼，她不及細聽，一眼看見那張舞會上、在通道上相見的修長的臉，那對望著別人辯論似笑非笑的眼和一張想要加入辯論的微啟的唇，濕潤的，有某種愉快的神情。

整個社辦像在爭吵什麼，鬧成一團，主席看見她來了，從坐位上站了起來，那個有著修長的臉，在舞會中留下深刻印象的人，也敏感的捕捉到主席的舉動，從椅子上跳了起來。他用略顯激奮的聲音問：「妳是祥浩？」她從那高揚有所期待的聲音裡知道這個人就是留給她通知函的晉思了。主席向社員介紹她，匆促而短暫的問候，他們知道她屬於晉思那一組時，男生向晉思投來了一個揶揄曖昧的眼光，女生則客氣的表示歡迎。

晉思無視於他人的眼光，請她在他身邊的位置坐下來，劈頭就說：「我想這個臨時插花的人一定是妳，所以我跟主席爭取把妳納到我這組來。那天我在走廊上遇到妳，建議妳來校刊社，不是嗎？」

她想說「所以我來了」，人聲沸揚，她什麼也沒說。她坐在他身邊，看到他手臂的肌肉滑亮，緊緊的起著一股無以言狀的刺激，她抬起頭，去看那幾個爭論不休的人。

他說：「別理他們，他們在討論教師評鑑制度的師生倫理，這是勢在必行的政策，討論是白費唇舌。學校引用這套國外行之多年的評鑑法，在學期末每個學生按表替老師打教學分數，已經使教學關係成為利益的商業行為，如果再以傳統的尊師重道觀點去看，已經不符時代潮流。為什麼不評鑑，我們都是繳了昂貴學費進來的。」

有個耳尖的女生聽到晉思的談論，馬上插嘴挑起激情：「把老師當商品評鑑，雖然是要顧全學生學習的利益，可是也可能造成老師為了保全職業，針對問卷取巧，做到符合標準，而不是真正給了學生思想的啟發，那些嚴正教學，在分數上要求學生的，反倒不討好，這套制度徒然增加學生與老師間現實的利益關係而少了相濡以沫的和諧。」

「那是商學院和文學院看法的歧異，」叼著菸的副總編輯說，「就學校的管理來講，似乎比較偏向商業政策，所以我們有必要多請一些人來辦座談會，將問題做大，校刊內容才有看頭。」

胡湘以沉穩的聲音反問：「如果把負面的評論放上去，你看校刊可不可能被校方封殺？」

主席兼總編輯保持鎮定，不斷有加入討論的聲音。晉思拿起他放在桌上的書本，示意祥浩，兩人在吵鬧的討論聲中隱沒。

從社辦幽暗的通道到室外明亮的草坪，他們沒有交談，晉思彷彿陷入情緒的泥淖，歛眉低思，與他意氣風發的舞姿判若兩人。她問他想什麼。聲音像一縷微風吹過，晉思側過臉來看她，她看到他眼裡釋放的嚴峻。

那是午後，安靜得彷若可以看到陽光游動，她聽到了他的嘆息。她又問他怎麼了。

連問了兩聲，他端正神色後勉強露齒而笑，說：「聽著，以後在這社團難免會遇上火爆的辯論場面，如果妳不習慣，可以不必太在意，我參加過許多社團，沒見過一個社團這麼認真又嚴肅。」

「你為什麼來校刊社？」

「愛玩吧？試試不同的經驗。」

「認真和嚴肅有什麼不好？」

「隨個人喜好，認真與輕鬆各有其必要，妳認為呢？」

「看情況而定。」

他們不知不覺走上了宮燈道，往銅像的方向走去，她驚問他：「你也住這方向？」

他笑笑，終於有了輕鬆的面容。「妳是說妳住操場旁邊那群住宅？」

她為自己的疏於防備感到羞赧，但轉念一想，有什麼關係？在純真的交誼裡，沒有太多的顧忌，她為什麼要感到羞赧。這是她十分在意的人，冥冥中影響她的決定，雖然這份在意只因一場舞會的印象。現在兩人並肩而行了，過去心裡時常出現的舞蹈影子現身在面前，這個人卻又這麼平常，如果沒有展現他與眾不同的能力，如路人，如大千世界共生共存的一個平凡生靈。

「是我們兩個人很自然的一起往這邊走的。」晉思提醒她。

雨後路面低淺處，有小小水窪，他的球鞋踩進水窪裡，水漬濺附在他的小腿上，他用力往地上一踩，水漬跳開了去。他那踩的動作像極了一個舞步，促使她問他：「你為什麼那麼會跳舞？」

他不言不語，走到一叢杜鵑花旁，其時無花，綠葉兀自開得繁密，他停了下來，問她要不要去驚聲銅像的台階談天。沒有反對的理由，好像有一個順理成章的節奏令他們非得水流風行一般來到銅像前。往上跨了幾個台階，寬闊的階面將銅像拱月般的圍了起來，這是學校創辦人的塑像，立在校園前，面向觀音山與淡水河的方向，象徵其蓽路藍縷開創教育事業的胸襟，他的後世子孫，渡洋返國，以未來學的眼光和追隨先祖德風的觀念，堅持學校不設藩籬，教育開放，思想開放，因此這銅像也算不得是在校園前或校園後了。唯因面對觀音山，氣勢開闊，上山必經的一百三十二階克難坡又在側邊相望，自然成了學校的首席象徵，驚聲先生在那裡日夜做精神的領導。

階上無人，他們面向觀音山，山形在雨後發著青翠的綠光，鮮亮、沒有界限，在視覺的想像上和舒卷的雲無可分離，景色先已迷醉，兩人初識，雨後美景，清涼的十一月天。晉思說他們的校刊作業已如火如荼進行了，誰也不想在學期末為了趕校刊而耽誤了功課，但每學期仍免不了有人為了校刊當掉幾科。那個坐在主席位置蹙緊眉頭的電機系學生，已經準備在學校念第五年，仍不肯輕易從主席檯上退下來。

「那麼你呢，打算為校刊奉獻多少？」祥浩問。

「不要問我這個問題，主席只選擇校刊，但是我有許多選擇，不會為了一個單一的選擇執迷下去。」

「你做了很差的示範，對我。」

「每個人生活方式不一樣，我怎能知道我的示範對妳是好是壞？」

「你還沒告訴我，為什麼那麼會跳舞？」

「因為喜歡。」

是這句話，在雨後清新的空氣裡迴盪。以後她數次想起來，總想起兩人坐在台階上，老友一般的聊著，時間已不重要，一開始，時間的長短對他們就沒太大的意義，往後還有更長的時間。

他說，他這一組的校刊內容已在進行中，活動中心要舉辦一系列文藝活動，他們負責活動的專題製作，「我們正在進行前置作業，做必要的相關人員採訪。」

「也給我一些事吧，我幫得上忙的。」

「嗯。」他輕輕應著，認真看著她，驟然又去望對面的觀音山。而她想起他的舞姿，這麼不真實的想像，人就在她身邊了，還在想像裡優游。

校園鐘聲響起，他說他有課，他會再找她，如果她沒去社辦的話。

而從那時起，從他離去的背影逐漸在她的視線裡縮小，她就知道等待會像瘟疫一樣，在無邊無際的時間裡蔓延。

9

天氣逐日轉冷，小鎮北方面海，海口無所遮蔽，風雨捲來，使小鎮的冬日濕度勝過內陸盆地，氣溫比盆地內住戶密集的城市略低三度。冬雨綿綿，早晚寒露浸骨。校園的學生紛紛著冬裝應寒。那些住校的新生初次見識了小鎮的冬日，山崗上淒冷的風雨，與家裡溫暖的燈影對比，特別令人萌生想家的情懷。新生初來時，時有傳聞女生因未曾離過家，蒙在被裡獨飲思家之淚。校內只有女生宿舍，自強館住新生，松濤館住大二以上的舊生，自強館八人一間，四座上下鋪使空間狹長，八個女生，不同的成長背景，不同的生活習慣，有人好夢正甜時，有人又非聽音樂不可，想談天的，怕打擾了桌前讀書的；為了不干擾別人，也不願被干擾，紛紛走避到圖書館或社團，或去參加活動，寢室時常空無一人。八個人共處的熱鬧，常因需要私隱空間而更顯寂寞。

住在校外的，可以取得較多的時間自由，不必趕閉館的時間，不必顧忌室友的坐息，不必受制於訪客進出的管理。學生在這無所約束中，不是學會放縱自己，就是學會約束自己。譬如那些在愛情的激流裡的孩子，瞞著家人和男朋友同居一室；那些追求生活內容的，利用時間的自由和空間的私密性，增加了學習的內容。但是無論選擇住校內還是校外，都是一種團體，必須有所忍受與包容的團體。

祥浩居住的樓層包含各年級，十二名女生分屬六間房，各自關起房門，雖可無視於其他樓友，但每個寢室飄然而出的談論聲和音樂聲，卻無可逃遁。在這無可遁逃的氣氛裡，對於家的思念也隨歌聲在日子的流轉裡躥動。而她以為她可以不想家。樓層的房裡流傳的歌曲像流行性感冒一樣的有著同樣的症狀，永遠的播著同一首，黑衣歌手蘇芮的〈請跟我來〉席捲大學宿舍，「我踩著不變的步伐，是為了配合你到來，在慌張遲疑的時刻，請跟我來，……別說什麼，那是你無法預知的世界，……當春雨飄呀飄的飄在你滴也滴不完的髮梢，……請跟我來。」當大家都沉浸在歌聲傳達的情緒裡，那情緒變成大學生活裡的一種情調，與生活連結，成為成長歲月無可磨滅的內容。祥浩每天在那歌聲裡進出，也產生一種茫然的、若有所待的情懷。所有聽歌的人都有了茫然的期待。

是寒雨飄斜之日，如珍撐著一把傘，從狹窄的公寓樓梯走上來，她幾乎是用肩膀撞開門，臉色微有凍紅。她手上拿著一大袋東西，把傘留在房門外。

「妳看我去做了什麼事？」她抖開那袋東西，拿出一件新衣。

「買了新衣？」

「那只是目的，我以後午飯有著落了。我在山下餐廳打工，包吃還有鐘點費拿。」

祥浩的驚訝在眼裡顯現，不僅是這個理由，不是嗎？她用疑問的眼光看著如珍，如珍脫去衣服，白色棉質低胸內衣在她瘦小的身軀上如脂般的成了膚色的一部分。如珍穿上那件新衣，在套頭的那刻，眼神桀驁不馴的無視於其他的事物，她眼睛閉上又張開，拉好衣襬，橘色的棉織衫，如花的容顏。她說，為了還債，為了過隨心所欲的日子。阿良，她曾用阿良的錢，所以兩人的事情變得複雜。她再也不要用阿良的錢了。

她重複，一遍一遍說著。雨仍落個不停。

「可是妳每天中午得頂著太陽或風雨爬一百三十二個石階。」

「小姐，為了自力更生，艱難的事習慣了就好。就當運動好了。」

每個人都需要一點錢來滿足她所要做的事，如珍選擇去餐廳打工，她把當天領到的工資加上未來將領到的，預先消費了。那件穿在身上的短衫預支性的做為她自力更生的慶祝。

「有沒有多餘的工讀名額，我也去。」祥浩說。

如珍打量她，從她還穿著短袖棉衫的纖細手臂一直往沒有遮蔽的瘦長頸項看上去。問：「我這件衣服好看嗎？」她似乎不需要祥浩的回答，眼光移到祥浩手上拿著的一本書，然後說：「妳看來不必為了錢太窘迫。妳不像我需要大量的衣服。」她嘴裡哼出一聲輕笑，「喜歡買衣服是彌補對身材的失望。」

「我比妳窘迫，因為買不起大量的衣服。」她忽的覺得冷，打開衣櫥拿出母親託祥春為她帶來的冬衣，揀老菜殘葉般的揀著，和如珍對衣著的講究相比，她這堆過時的冬衣顯得太寒傖，勉強挑了一件暗紅底的外套穿上，素樸的式樣讓她覺得像小學生穿制服，看上去是沒有個性的。

她兩手插入口袋，竟掏出了一個香火袋。如珍眼尖，問道：「那什麼東西？」

她也沒預期會有這東西，當初並沒有一件件檢查這些衣物，「我媽迷信，相信這個可以保平安，特別去廟裡求的吧！」她把那香火袋翻來看，袋子裡夾著一張紅字條，用毛筆工整的寫著「出外保平安，有空常回家」。那是母親的筆跡，生疏、顫抖的字體。

如珍湊近讀那些字，她知道她不想回家，她們是兩個不想回家的人。她第一次問祥浩：「妳家裡有什麼人？」

她告訴她，一桌子的麻將聲，一對職業定位不太確定的父母，二哥剛去服兵役，弟弟念高中，為了逃避麻將聲，時常不在家，大哥在台北從事裝潢工作，「你那天看到的那個。」

「他很安靜。」

「或許是。」

祥浩很難向他人形容她的大哥，在她心中，大哥永遠替家人遮起一片天，在他安靜的面容下，有一個纖細而複雜的內心世界，甚至連她都難以揣測那個世界的深沉。她不容許別人對她大哥的安靜有任何貶抑的含意。

「他的安靜永遠是好意。」她為祥春辯解。她告訴如珍，她的大哥犧牲學業成就弟妹，他的安靜是早熟人生的反射。

「你們長得不像。」

「我們兄妹長得極像，妳那天生病，留下的印象不可靠。」

如珍因篤定而極力爭辯：「你們除了同樣瘦高外，面貌一定是一個像爸爸一個像媽媽。」

「妳搞錯了，妳只要再見他一次，就知道我們都遺傳了媽媽的特徵。」

阿良來按鈴時，兩個女生還在爭論容貌問題。如珍換了一條長褲，坐在床邊捲起褲管穿絲襪，阿良站在門口，注視如珍穿絲襪的熟練動作。祥浩不習慣男生在別的女生面前毫無顧忌的看自己的女朋友穿絲襪，但因她剛來學校時，阿良載她下山購物，感恩之誼變為熟稔的友誼，所以她原諒阿良的不禮貌，沉默坐回書桌前。如珍彷彿感到了氣氛的不對，為了打破沉默，隨便找了話題，對阿良說：「別看絲襪一雙沒多少錢，極容易破，比你們買菸抽貴多了。」

阿良用那懶懶緩慢的聲音不以為意的說：「妳要穿幾百雙都沒問題，還擔心這小錢嗎？」

如珍罵他財大氣粗。用阿良的錢令她敏感。她說，她去打工了，她自己可以買幾百雙絲襪穿到畢業。阿良不准她去餐廳打工。她說：「開玩笑，我的行動要你管。」

他們開始吵架。阿良的聲音逐漸高起來，要她只管讀好英文將來考托福和他一起出國讀書。如珍挽起他的手，貼著他的胸膛說：「我看你放棄你的想法，我讀中文，早就放棄英文了，要吃飯我可以跟你去，要出國伴讀你找別人去吧。」

她和阿良出去，穿著她剛買的那件預支性的自力更生禮物。

而祥浩在房裡開始感到不安。當初北上讀書，信誓旦旦要自力更生。她卻這樣無所事事的過了半學期。她在這房裡一刻也待不下去。拿起了傘，要到風雨裡去，總該做點什麼，買份報紙尋找職業欄的工作機會，或者到側門及山下繞一圈，找找徵人啟事的紅紙告示。

「別說什麼，那是你無法預知的世界，……當春雨飄呀飄的飄在妳滴也滴不完的髮梢，戴著你的水晶珠鍊，請跟我來……」迴繞不完的歌聲，指引迷惘不定的魂魄，要去一個篤定的地方，但歌中始終沒有指出那個地方。

經過梁銘住的公寓，她抬頭望了望梁兄住的那間，空蕩的陽台，灰舊的窗影，彷若無人。

她並不期望從那裡看到什麼，但在抬頭那剎那，風雨中的空蕩，令人悵然若失，一股寂寞像寒風襲擊皮膚般穿透骨髓。

10

祥浩開始在山上山下奔波的時候，已是淒風苦雨的氣候，日子陰陰濕濕，幸好山崗上時常颳風，流暢的空氣驅除霉氣。偶有晴日，白雲流暢，觀音山輪廓清晰。祥浩在晴日下山，抬頭是白雲相伴，從克難坡沿階而下，淡水小鎮一隅幡然呈現，河的水影與參差的房舍交相映，老屋的瓦簷因長久濕潤而結上一層斑駁的青苔，在天光下閃動耀眼的翠綠。陽光下，最老朽的事物也顯得明媚可喜。

祥浩以為冬日的陽光正符合她的際遇，在生活霉濕陰晦的時候，她找到兩個家教工作，在山下小鎮為兩個國中生補習英文，學生的家長是重視教育的小商人，但沒有足夠的時間和學問指導孩子讀書，孩子也沒有足夠的自制力安排自己的學習，她用學了幾年的英文領取小商人給予的生活保障金，替他們教導不太愛讀書的子女。兩個家教工作占去她三個晚上和一個週末的時間。兩戶人家，一家在紅毛城附近臨馬路的店鋪，書房在二樓，車流聲不斷侵襲那薄得一點隔音作用都談不上的玻璃窗，使那位國二的女學生很理直氣壯的讀不下書。另一戶人家在靠近渡船頭的舊市場老巷裡，腐朽的菜葉味混雜腥羶的海產味，像幽靈般的侵襲鼻膜的味覺，閣樓的國三男學生，在女老師面前表現出幾分讀書的興致，但在即將面臨聯考的最後半年裡，他仍分不清動詞在英文句型裡的必要性，也分不清每個單字的詞性。祥浩教起來備覺成就感，卻也感到知識重複的繁瑣，沒有刺激，沒有增進，用三個晚上和一個週末去換取經濟的獨立，感到一個人無論多麼脫俗獨立或從事什麼偉大的事業，總要先有果腹的準備。但一思及尚可以用三個晚上一個週末以外的時間從事她想做的事，就覺得日子起碼不是那麼受五斗米所折。

如珍說：「我既不會英文也不會數學，否則我也想找個家教做，起碼不會在廚房裡燻一身的菜味。」在她說了這句話沒幾天，她坐上了櫃檯填點菜單和結帳。那是她向老闆極力爭取來的，原來坐櫃檯的商學院學姐決定離開餐廳，專心準備研究所考試，但沒有人知道是不是如珍使詐說動學姐回家念書去。如珍坐上櫃檯，開始感到日子充滿刺激和新鮮，她的衣著、她的清秀的臉龐可以成為來吃飯的男學生談論的焦點。基於這個理由，她反過來勸祥浩，別去當什麼家教，那個躲在一個小書房教幾個不懂事的小毛頭的工作真是扼殺青春，她以為年輕有美貌時，應該走到眾人前，美麗必要的時候是一種公器，做為人家賞心悅目的焦點，成為生活談論的樂趣。「一般人都活得太無聊了，在索然無味的生活裡，需要有幾張美麗的臉引起生活想像，做為枯燥人生的調劑。」如珍說。

無論如珍如何慫恿，祥浩盤算兼兩個家教的收入遠遠超過餐廳打工的收入和學校圖書館工讀的收入，而且英文是她的專長，沒有理由不運用自己的專長。她一個星期下山四次，步行也好，搭客運車也好，她感到了獨立的自在。

這天，她挾了一本書去上課，迎面冷風颳得她臉上絲微刺痛。籃球場上聚集數隊穿著鮮豔服飾的啦啦隊，在場上練習舞蹈動作，手中的彩球把天空染成絢麗的顏色，那是大二的女生在為選拔校際啦啦隊做準備。這些繁華熱鬧好像與她無關，除了體育課在操場上活動外，她的生活就是教室與圖書館，寢室與家教，有家的人卻如無家，她沒有回家的欲望。那驅趕她離家的氛圍成為陰暗的一個角落，旅人不想再回首駐足的。

就在網球場處要轉向文學院時，晉思從上坡走來，兩人的眼光不曾從對方的臉上移開。他像早就等在那兒，看著她的眼光有恃無恐。

「這麼巧，你在這裡，沒課了嗎？」祥浩覺得必須找點話講，以便把兩人注視的眼光轉開。

「不是這麼巧，我查過妳的課表，所以等在這三叉路上圍捕妳歸案。」

他帶她往網球場邊的海報街走去，兩排琳琳琅琅的海報如春花乍開。

「妳看看文藝週這些活動馬上要展開了，妳承諾寫報導，人倒逃得無影無蹤。」

她如大夢初醒般，情急之下，用英文跟他講對不起，使用第二國語，彷彿在逃避無法用語言解釋的尷尬。那個男生露出他原已準備好似的笑容，問她打算怎麼做。

祥浩力保鎮定，兩人沿海報看板緩步邊走邊看，祥浩不能抗拒他那時常移轉過來的眼神偷偷落在她的臉上，她聽到自己的聲音幽幽盪盪的，像從很遠的地方飄過來，說：「我最近兼了兩個家教，生活秩序有點打亂了，竟然忽略了這麼重要的任務。」事實上是她忽略了文藝週的時間，她不知道時間乘著一匹馬，在她來不及回顧時已快速擦身而過。

他問她在哪裡家教，一星期下山幾回，是不是每天爬那個要命的克難坡。上課的鐘聲響起來了，在校園裡迴盪。他們站在一長列的海報前。鐘聲的最後一聲尾音拖曳而過，她告訴他，今天晚上仍得下山上課，七點上到九點，從紅毛城那個方向坐客運車回來再爬上山，也將近十點了，一星期有三個晚上是這樣過的，星期六下午去上家教課是愉快的經驗，如果沒下雨，和陽光一路並行，小鎮清晰明亮，生活不那麼枯燥乏味。他看見她手上挾的那本書是大一國文，他說：「可不可以蹺課，我們去參觀幾個活動現場的布置。」

他的眼神鼓動她非蹺課不可，他用壓迫性的語氣慫恿她：「大一國文自己讀讀就行了。走吧！」

什麼力量促使她跟著他走，那麼不由自主的，也許只想多一點機會跟他相處。她跟他走到活動中心，中心裡已被分隔了幾個空間，最靠外層的是插花社的展示檯，排滿一整排長桌，桌上已覆蓋素色桌巾，長桌之後分隔了幾個區域，分別是集郵社、攝影社、篆刻社、山福社的作品展示，立體的展示架一張張撐開，劃分空間。他們在區域間穿梭，除了隔間，什麼也看不到。幾位仍在布置會場的同學零零星星的聚合，零零星星的談天。

晉思邊瀏覽邊和工作的同學打招呼，他向她介紹每個社團預備展覽的內容，那些空洞的空間在他的腦子裡已經是色彩斑斕，繁複擁擠，他傳遞每個圖像給她，離開時，她幾乎要跌坐在活動中心的台階上，因為她發現自己不能抗拒他每個手勢和眼神的傳遞。他沒有看她，從敘述的開始，他的眼光就老是在很遠的地方。

她試圖想從他的眼裡猜測他在敘述時心裡想著什麼，但兩人的眼光總是來不及接觸就逃開。他們來到活動中心後面，草地上搭起一個傳統掌中戲戲台，導戲的老先生堅持一輩子的掌中戲法，在各戲團紛紛被螢光幕淹沒或改良得精髓盡失時，老先生不願權變的堅持，成了碩果僅存的地方戲團。媒體的推波助瀾，使這個被遺忘了十幾年的地方戲又死灰復燃，甚至堂皇進入校園成為學術研究的一部分。戲台彩繪俗豔的顏色，中間一個小小打橫的長方形缺口，缺口上方垂掛一條做為背景的布幔，掌中人物就將在這缺口間上演傳統的忠孝節義戲劇題材，悠遠人生裡幾段重大的轉折在那小小的缺口上演。祥浩回頭看晉思，在綠樹帷幕間，晉思卻是在衡量搭在草皮另一端的一個舞台。

「那個舞台做什麼用？」祥浩問。

「總幹事說是用來宣布文藝週活動開始用的，會有個晚會，有樂團演奏。」

「然後就拆除嗎？」

「全部活動都是我們這組報導的內容，如果妳想知道，就得去問問總幹事。」

她為自己怠於工作向他抱歉，她雙手環抱，問他，那麼，你分配給我什麼工作呢？

「妳問得很不專心，妳在想什麼？」

「看那戲台。」她走近台下，仰頭看那個代表人生舞台的長形缺口，「我小時候偶爾也看掌中戲，但那時候電視上的布袋戲已經在鯨吞這些傳統掌中戲的生路了。你那時看戲嗎？記不記得那些掌中戲都是廟會才難得看到的？」

「難怪妳一直看那個舞台，原來在懷舊。顯然我們是不同文化的人，我那時不看這些，我聽不懂台語，可是我知道我的同學都在看電視的布袋戲。」

原來兩人的童年這麼不同。他們使用不同的語言系統。

「那你的童年有什麼？」

兩人同時沉默下來，晉思笑了笑，想說什麼，卻雙手抄在背後，去看戲台上的缺口，什麼也沒說。祥浩想起童年，孤獨寂寞，漫長的時日，父母遠離家鄉，一條河緩緩經過村落，到村長家看布袋戲的夏日午後，靜寂的村莊，靜寂的河流，靜寂的童年，沒有父母的日子。她不知如何說，只好沉默。晉思的眼光從她臉上掠過，她注意到了，可是她裝做沒看見。有鳥鳴，她說。

兩隻鳥撲翅的聲音，在半空中盤桓。

兩人又晃到社辦來，下午時分，社團中心略顯冷清，校刊社大門敞開，沒有高談闊論的聲音，空無一人。晉思拿了一疊稿紙給她，也給了她一個交稿的期限，在文藝週結束時就得交稿。她要負責一部分活動現場報導。他們討論報導的方向，沒有幾分鐘，主題變成晉思，他說，他家在台北，每個週末都回家，除了台北，他沒有居住外縣市的經驗，連外婆都是台北人。他問她，高雄是怎樣的城市。她說，那個城市是陽光和熱的化身，比起台北，空曠得讓人無所遮掩，在那裡，覺得日子是理所當然的過下去，但在台北水泥叢林裡，人顯得太眇小，人群裡有你一個沒你一個並沒有太大的差別。

「也許妳說中了一些什麼，我在這首善之都，從來沒有活得興奮。」

「光是住在台北這個事實，從小對台北的各項活動有優先參加權，浸淫在這個文化、經濟與政治中心的氣氛裡，對我來說，已經很精采了。」

「那是妳的想像，繁華可能使人墮落，複雜可能使人沮喪，看慣精采的人如果沒有更多的刺激，日子就會變得十分平淡無味。」

她不知道他這樣想事情，完全的不知道，她現在隱約知道他為什麼有一副無視於他人的眼光。

「你從舞蹈中得到快樂嗎？」

「那只是一種發洩，一種生活的方式，我沒真心投入，只是玩玩。」

他像謎一樣的，使她一步步陷入謎團裡，她喜歡坐在他旁邊，感受他的體熱，聽他不徐不緩的聲音，想像他舞蹈的姿勢。

「你願意去看一場舞蹈嗎？」她把那天海報上的內容告訴他，舞蹈表演的日期將近，她預先買了票，但是只有一張，她說，她為了買張昂貴的票，才想到打工的迫切需要。

他說他不去，一來沒多餘預算，二來他只求自己跳得快樂，不管別人跳得怎樣。

下課的鐘聲清晰傳來。校刊社主席挾著幾大本書走進來，他凝重的神色未曾有絲笑容，問他們主題進行得如何，晉思說：「正在進行。」祥浩會心一笑，轉過臉去看牆上的編輯進度表，藉以掩藏笑容。

他們走出社團時，日已將斜，晉思問：「要我送妳下山嗎？」

她說：「還早，不耽誤你時間。」

「那我來接妳，那麼晚，妳不要走那麼長的路，爬那麼多階。」

她拒絕他，來得太快的好意使她心慌。他沒有堅持，和她道別往停車場去。看著他的背影，她後悔了，她想喚住他，說帶我下山吧，但她什麼也沒做，只能呆呆的目送他身影離去。

他也沒有回頭。

她獨自去看那場舞蹈。在肅靜的空間裡，舞蹈的鼓聲在帷幕後催促著響起，時代是匆促的，女人急於掙脫傳統桎梏走到男人面前，一聲急似一聲的鼓陣，使坐椅彷彿震動起來。男女舞蹈員著緊身衣從帷幕後跳躍出來，每一條肌肉都想從緊身衣繃裂開來，隨興的舞步設計，在音樂起落間用抽象的動作彈跳想像空間，他們用鼓陣與現代電子合成樂串場，搬演傳統女性掙破男權社會枷鎖的歷程；她們以男性身體為基部，不斷架疊攀爬在男體之上，而男體如水般的從基部躥爬起來與女體交泅，肢體的情節是概念的符號，主題透過身體永遠是種想像，女性觀眾多於男性，視覺的滿足成為內心發洩的管道。那些如水流般的肢體動作彷若在訴說和諧，無論男女主權從屬如何，我們不過要一個更和諧的關係罷了，曼妙的舞蹈姿勢在嚴肅的主題之下成為宣導的手段。祥浩後悔花鉅額來觀賞，晉思說，他跳舞只求自己快樂，是的，晉思是對的，她坐在鋪著華麗地毯和裝潢考究的表演廳裡，忍受過度標榜意識而顯得做作的舞姿，不禁感到自己身為舞蹈門外漢，被舞姿愚弄的蠢像。

祥浩每天穿梭在文藝週的活動現場，估計人潮和活動內容，晚上家教回來後，挑燈寫稿。她身邊的朋友一時之間都知道她的忙碌。炮口在校園裡遇見她，以尊重而嚴肅的口吻問她忙得怎麼樣了?在校園裡，她所見的炮口永遠和男生在一起，他和女生保持著冷淡的距離，只有和像如珍般可以嬉笑怒罵的女生在一起，才能使他自在。炮口的主動相問，令她感到受重視的溫暖。同學間因她在校刊社而把她視為英文系新生的一顆文昌星，事實上英文系裡許多文才並茂的同學，以睥睨的高姿態對校刊水準嗤之以鼻，他們以世界性的文學觀嘲笑校園狹隘的文學視野，而那個高坐在主席座上的電機系學生不斷的退英文系學生投來的文學評論稿件，斥之為不成熟的理論觀點。祥浩無視於系上和校刊社的不和諧，她也無視於主席的存在，在她心中，她只是晉思的夥伴，和晉思一起做報導。

在會場上，她也碰見梁銘。梁銘的登山社沒有參與文藝週的活動，但在一個月前，他辦了兩場觀音山的登山活動，這陣子休養生息。他坐在集郵社的展覽會場，像早等在那兒似的，看見祥浩，不慌不忙迎了上來。

「好久不見。」他說。

時間如此不著痕跡，上次在草皮上，她拒絕他的手，時間也滑過，淡化或粉飾記憶。她也向他說，好久不見。生硬的口氣。

梁銘陪她在活動中心的各項展覽桌間溜轉，事實上她已走過數遍，每天來，為了做更仔細的觀察。他們站在插花社的展覽前，祥浩注意到有幾盆花已換過，梁銘許是對花沒有興致，站在她身旁耐心等她看畢，他指給她活動中心的禮台。他說整個展覽結束，有一場民歌演唱比賽將在那禮台上舉行做為文藝週的壓軸。

「是，我知道有民歌表演，但我沒分配到這個表演的報導工作。」

梁銘以他一貫持穩的笑，看著她：「我可沒叫妳去報導民歌活動，我倒是想告訴妳，獎金頗高，我差點報名，但後來想到高手如雲，不如當晚來聽歌。」

獎金頗高！她除了聽到這句話，其他的都不重要。她抬起頭來仔細看那個正在布置的禮台，紅色的布幕掛上民歌比賽的金色字體，每個字都閃閃發亮，彷彿向她招手。她向他打聽獎金，得到一個令她心動滿意的數字。然後，她笑得一臉燦然，像天真的孩子。

外面的天空逐漸陰翳，在活動中心前表演拓碑的古蹟社為防雨水來襲，開始收拾道具。梁銘面對祥浩那一臉天真詭異的笑，以為是找到民歌的知音。他往外看看天色，濃雲漸漸在山崗上空聚攏，天色陰暗如暮色將臨。

「這天氣適合想像，我帶妳去驚聲路上的溜冰場，那裡曾經有民歌故事。」

梁銘興致勃勃，她下午沒課，就隨他帶領。梁銘為防下雨，先到地下室社辦拿傘。兩人匆忙進入登山社，又匆忙走出來。他們走出登山社往社辦中心門外去時，晉思也從校刊社社辦出來，和他們隔著幾步的距離。外面果然飄起細雨，梁銘撐起黑傘，傘下兩人挨得近，往網球場旁的走道去。傘下那兩人，因為說著話，為了聽清楚及躲雨的緣故，手臂不經意的磨觸著。晉思的髮絲在雨下漸漸糾結沉重，他趕著去上課，握著濕濡的課本，站在活動中心前，注視傘下那兩個身影左轉向驚聲路。在交叉路口上，從上坡處斜灌的風，將雨絲傾倒在祥浩左肩上，梁銘替她拂去肩上水珠。晉思收住視線，轉向上坡路的風雨。

他們在樹下的台階坐下來，溜冰場上有幾個冒雨溜冰的同學。雨絲有一陣沒一陣，從樹葉間滑落，台階是半濕的，梁銘興致高昂，以傘為屏，指著溜冰場問她：「妳能想像在這塊水泥地上推擠兩三千人的盛況嗎？人潮一定延伸到路上，我們現在坐的位置，也曾坐過為民歌狂熱過的人。」

時間在細細的雨絲與陰晦的天色下回溯，那是數年前的校園。

民國六十五年冬天，也是這樣一個時常微雨風寒的季節，在活動中心有一場當紅廣播主持人主持的西洋民謠演唱會，一名剛從國外回來的校友拿著可口可樂的瓶子，上台問中國人唱洋歌是什麼滋味。在這之前，大學生看洋片唱洋歌是文化主流。那個拿可口可樂瓶的年輕人和主持人進行了一場不愉快的土洋歌曲之爭，引發我們的歌在哪裡的思考——除了老舊的民歌外，現代民歌在哪裡？這位姓李的青年從那個冬季後，開始創作「我們的歌」，加上當時校園幾位留洋歸來，本土意識強烈的青年才俊推波助瀾，在六十六年的三月，結合校外名重一時的藝文人士，打著讓民歌流進每個人心頭的理想，在這溜冰場舉行了露天的「中國民俗歌謠之夜」。

當晚與會者三千，晚會歷時四小時，在這個以溜冰場為中心的校園裡，年輕人對民歌的狂熱遠超過吟唱的節目內容。那晚大都是唱前人寫下的民歌，但是自此而後，校園民歌如春雷乍響，開始席捲校園，金韻獎的因勢而生，鼓勵許多青年學子投入民歌的創作與演唱行列。

「我們在中學所聽的民歌就是這個階段的產物，但時間太短暫，只有幾年的時間民歌就走向了崩散的命運。」梁銘撐著的傘因感慨深長的言辭而晃動，雨珠灑在他們肩上。

那個引發民歌創作的青年曾熱情澎湃的寫了好些民族色彩濃厚的歌，但發起運動才一年多的時間，這個青年以他對人間的熱情，在海邊因救人而溺斃，個人的作品發表會，成為紀念演唱會，但在他之後，創作的人不斷，由於大都是青年學子，他們創作的民歌就被繫上校園民歌的標號。隨著這批年輕人離開校園，或留學或就業，校園民歌後繼無力，像掀過了一陣熱潮後只有餘波盪漾，卻成了那時代大學生的一個運動，蔚為明顯的社會理想。

「校園民歌沒了不可嘆，可嘆的倒是我們接乎其後的這些大學生沒有社會理想，沒有文化認知。什麼風氣也不能形成。」梁銘頗有感慨的望著溜冰場。溜冰的人因雨一個個離去，空盪盪的一片水泥地，剩下對人對時空的想像，樹葉承載的雨滴變得粗大，掉在傘面上，點滴清脆。一片傘已撐不住欲來的風雨，梁銘還在對民歌的命運低迴，兩人的衣服都濕了大半，祥浩覺得冷，挨近梁銘，梁銘一手環過她的肩膀，說：「謝謝妳聽我講這些也許妳沒興趣的事。我對民歌的迷戀真是不可救藥，在我聽民歌的年紀裡，家裡有不斷的爭吵，我爸的幾個兄弟為了爭財產，大家庭鬧得不可開交，我以為沒有人關心我，一度想自殺，那時接觸音樂，就聽了這些歌，因此成為無法忘懷的成長經驗。」

啊，也許每個人都有一段苦澀的成長經驗，在面對梁銘的感懷，祥浩也想起自己的成長經驗，可是她放在心裡，那是難以向梁銘說明白的。她站起來，梁銘的手滑開去。他們都感到自己濕淋淋的狼狽相，兩人離開往宿舍公寓去，梁銘將祥浩送到公寓的樓梯口，自己才回去。祥浩目送梁銘離去後，匆匆上樓拿了一把傘，衣服不及換，反正出了門又要濕的。她往活動中心去。她要去報名參加民歌比賽，雖然已過了報名日期，可是她一定要說動活動中心總幹事，多一個人參賽只會壯大聲勢，不會有任何損失。

11

晚會開始之時，正是文藝週活動落幕之時，所有文藝週的優良展覽活動和藝文競賽都將在這個晚會中頒發獎項。活動中心內擠滿人潮，百裡挑一的男女主持人經過活動中心幹事嚴格的遴選，在晚會之中表現了老練的大將之風，輕鬆笑談文藝週的種種活動。擁擠在會場的上千名學生不僅是來為得獎的同學拍手鼓勵，真正吸引人的是英文系和國貿高年級生合演的英文戲劇，和繼戲劇之後的民歌比賽。

學生進行自我評估和淘汰之後，真正敢鼓起勇氣參加民歌比賽的只有十來人，因此祥浩逾期報名確實成了壯大聲勢之舉。在面臨真正比賽的兩天裡，她反覆聆聽梁銘送她的民歌錄音帶，挑中齊豫唱的〈橄欖樹〉，對她來講，唱齊豫的歌代表對唱腔的挑戰和挑歌的品味，這位女歌手從第二屆金韻獎脫穎而出，她的音域寬廣，音韻繚繞，高低音出入無所阻礙，能把她的歌唱得入木三分，是極大的挑戰。在離比賽還有兩天的最後時刻裡，她每天一大早走出校園，從側門小徑往後山去，一方面練氣，一方面走入深處練唱，唱到晨曦變成朝陽，才回寢室準備第一節課，夜晚從家教回來，在無人的操場練習臨場演唱。她想起小時候常聽見父親在巷弄裡唱歌，自得其樂的搖頭晃腦，鄰家孩子來聽歌，父親慈愛的摸著那些孩子的頭，鄰家孩子看見了父親的慈愛，她和兄弟們因看見父親和母親爭執而扭曲的人格，對父親有著既畏又敬的情懷，在家的小角落，他們望著父親和鄰居小孩在巷弄唱歌，只能望著，永遠的望著。現在她要自己上台唱歌了，唱給一大群年輕人聽，讀高中時她有小樂隊，也曾有演唱經驗，她不怯場，只要想著父親唱歌的慈愛的臉，她就知道唱歌給眾人聽的愉悅早超越了歌唱本身。

晚會充滿了年輕人的躁動和笑聲，如珍和阿良來替祥浩加油，如珍手上捧了一束花，不管祥浩能不能脫穎而出，這捧花早已是祝福。也許晚會的氣氛是約會的氣氛，短暫的卸除課業壓力的輕鬆時刻，木訥的人也有幾分浪漫。許多男女朋友牽手相擁，阿良的手一直放在如珍腰上，在台上傳出的一首首歌聲裡，如珍像個小女人，偎在阿良身邊。祥浩在等待上場的時刻，眼睛常常瞟向四周的人群，她期望在那裡看見誰，卻又望眼欲穿。走出這個會場之後，她還得在幾日內交文稿給晉思，晉思這兩天不見蹤影，她既沒在社辦見到他也沒在活動會場見到他，昨日在社辦，主席面對即將落幕的文藝週活動詢問她報導工作的進度時，他同時詢問晉思的行蹤，而社辦人來人往，大家分擔不同的工作，除了主席外，沒有人在意誰突然在社辦消失了幾天。祥浩對人群有所期待，但晉思的身影始終不見。這個壓軸之夜，他怎可能不來。在她臨上後台準備演唱時，梁銘和炮口、小臣等人從人群裡挪移過來。如珍見是炮口，以送祥浩上後台為由，從阿良身邊掙脫出來。梁銘用僵直不自然的手勢不斷拂著額前稀少的髮，看見祥浩為上台演唱穿著的一襲長袖棗紅洋裝，露出不曾有過的浮動慌張，說：「剛才從名單上知道妳要唱後，我就跑了全場找妳……只是要說，有……好成績。」

祥浩穿過人群走到後台，她等待上場，這是她的時間，為了獎金的一點點誘因，也為了梁銘對民歌的深情，也許她只是唱給他聽，也許期待一些不可知的什麼，也許是為了發洩。

從出場到拿著麥克風，她因喜悅而對自己有無限的信心，像父親那樣，在歌聲中慈愛而溫柔。演唱台上的燈光強烈，使得台下的人群像是一片幽暗的推擠著浮動著的浪，她在舞台上的這方走到那方，台下的幽暗只是烘托的背景，她現在是舞台的主人，是全場的焦點，她唱歌，舞台上所有的光化成音樂的符號，她走動間昂起頭來看光，看到音符，除了音符，一切都不重要。她離開家好遠，她不回家。這個燈光這個舞台成為她流浪的定點所在，她壓抑的感情在歌詞間傾瀉千里，不要下台，永遠的不要下台。而她不知道，從台下的仰角看上去，她昂首與燈光交會的姿態有多美。她的聲音流竄全場，全場為之屏息。那台下的梁銘表情凝重的偷偷拭去鏡片的水氣。「不要問我從哪裡來，我的故鄉在遠方，為什麼流浪，流浪遠方，……」他們是一群離家的孩子，對人生有些模糊的夢想，「為了天空飛翔的小鳥，為了山間輕流的小溪，為了寬闊的草原，流浪遠方，流浪，還有，還有，為了我夢中的——橄欖樹，……不要問我從哪裡來，我的故鄉在遠方。……」如珍想起她濱海家鄉的老舍，沉重而晦暗，她回頭看炮口，炮口盯著祥浩台上的身影安靜不動。在熱烈的掌聲響起，在彎腰鞠躬的剎那，祥浩不想離開舞台，她希望再唱一首，至少一首，在音符歌聲中她流浪，虛無縹緲。但那陣熱烈的掌聲接近尾聲時，她已交回麥克風給主持人，回到如珍那群人裡，那群人再次以熱烈的掌聲迎接她，引起旁人的騷動。梁銘接過如珍手上那捧花，在祥浩走來時，他張開手臂將她擁入，將那捧花塞到她懷裡，他的下顎抵著她的髮絲，她的心還在舞台上，對這突來的舉動還來不及反應，如珍也過來擁著她，炮口和其他人有的和她握手有的拍拍她的肩膀，梁銘說：「我不知道妳這麼會唱歌。」她覺得他的唇輕觸她的髮，現場如此熱烈，她不知道如何掙脫，她已然陶醉在歌聲和演唱現場的氣氛裡，其他的都不重要。

在二樓的坐席間，晉思一直靠著擠滿學生的桅欄站立，他抵在桅欄上的手不斷變動姿勢，那兒居高臨下，很容易掌握現場狀況。祥浩上台時，他的眼睛未曾離開她，她的歌聲好像遙遠的回音在他心裡撞擊，他的臉上凝注深沉而嚴肅的神情，他的朋友在耳邊跟他說什麼，他置若罔聞。祥浩下台走到人群，他的眼睛成了照亮她的一縷光束，他看見她被朋友包圍，看見她在那人的手臂裡，是那個撐傘的人。他略微側了身子，試圖想聽他的朋友說什麼，卻又回頭去看梁銘臂彎裡那頭發亮的長髮。

唱歌的人已不單是唱校園民歌，也有男女兩人合唱西洋情歌，男的撥彈吉他，女的深情款款對唱，唱中文歌的所挑的歌也不全然是民歌，那些民歌手近期所唱的流行歌曲也成了選目之一。

「民歌已死了，潮流過去不會回來，沒有可以取而代之的新潮流，一場民歌比賽，主辦單位卻沒有辦法嚴格要求，可見形勢比人強，獨鍾民歌就要成為時代的末流了。何況在民歌演唱前還安排了英文戲劇，和當初為了避免以西化為時尚，而創作自己的歌尋找文化根源的理想相去甚遠了。」梁銘在歌唱節目落幕時，輕聲喟嘆，祥浩倒不在意大家是不是唱民歌，只要好聽的歌，流行歌曲又何妨，她忠於大會選擇校園民歌，是為了梁銘對民歌的癡情，為了他曾送她一卷民歌錄音帶，為了那個清談的夜晚。她抬頭看他，他也低下頭來，在眼神接觸的剎那，她移開身子，移開視線，那不是她要尋找的眼神。她在聽到麥克風誇張的傳出她的名字去台上領取得魁獎座時，將懷中的花丟向了梁銘，快步往台上去，掌聲之海，一陣一陣，把她淹沒。站在台上，〈橄欖樹〉末兩句的節奏再起，她拿著沉重的獎座，對著麥克風再唱兩節，她的眼睛向會場的一二樓巡索，黑壓壓的人群裡，她找不到那對迷茫的眼神。

晉思的喉嚨像卡著什麼東西似的，喉結不斷抖動著，他再看見祥浩下台回到那群人，梁銘將花送還給她並擁著她時，他穿越旁邊的人牆，踏下台階走出活動中心。夜風清冷，活動中心不斷傳來激動的人聲和主持人興奮的腔調，簡略的空間設計，使所有聲音變成嘈雜的回響，在牆間摩擦得鼻青臉腫。他的摩托車在側門，走那條往側門的小徑有點艱難。活動中心的人群在逐漸退潮，最好聽的歌已經聽過。星期五的晚上，百無聊賴，漫長沒有目的，他騎著摩托車在附近繞了兩圈，然後，他到山下一條小巷，那兒煙花如林，那兒華麗媚行與汙穢墮落如雌雄同體般混淆不清。他的車子在那兒消失，給夜的黑暗吞噬無蹤。

祥浩不但得到一筆豐厚的獎金，還贏得朋友的敬重。當晚梁銘等人擺了慶功宴，在學校側門的小吃店吃火鍋當消夜，她不知道那側門小徑剛走過了一個落寞的人。在晚會裡，大家看見了梁銘對祥浩的舉動，就默認了他們是一對，如珍、阿良、炮口、小臣、阿傑叫了啤酒猛向他們舉杯，祥浩給安排坐在梁銘旁邊，在火鍋熱氣蒸騰間，在眾人談笑風生間，她想澄清他們對她和梁銘的誤解，但梁銘從來沒說愛，何來解釋的必要。如珍出奇的安靜，因為阿良和炮口都在那兒，阿良和這幾個人沒有交情，但因如珍的關係，他和梁銘講話，那個炮口毫不修飾的粗言粗語顯然和他的教養不合，他從來沒搭過他的話。

炮口在自己的碗裡加了許多辣椒，他說，吃香喝辣，人生之樂莫過於此，梁銘只在自己碗裡加了些蔥花，如珍對嘴送進一口食物，用以掩飾她對炮口大口吃喝的忍俊不住的笑意。炮口和他身邊的小臣敬酒，他們戲稱要喝交杯酒，兩人握著酒杯的手交環，幾近嘴湊嘴般的喝著啤酒。如珍斟湯時，太過於注意炮口和小臣的舉動，湯沒有對準左手拿著的碗口，結果澆在手腕上，她捧著手哇哇叫了起來，那兩人放下交杯酒，站起身子收拾桌上濺開的湯碗，阿良拿起濕紙巾熨著如珍手腕上紅通通的燙傷，梁銘去招呼老闆拿燙傷藥膏，如珍因疼痛臥倒在阿良肩上，她儘量壓低呻吟，祥浩替如珍拭去眼裡因痛淌出的淚水，如珍眼裡盛著無奈的哀傷看著她，祥浩看見了她的痛已不僅是皮肉之痛，那眼淚是從心裡出來的。梁銘拿藥膏回來時，炮口說：「最好還是下山看醫生吧。」她為如珍拭去了更多的淚水。

後來她問手裹著白紗布的如珍，為什麼要掉那麼多淚，如珍說，因為絕望，炮口既認定她和阿良，就不會對她有所表示了，所以炮口和小臣喝交杯酒，「他是故意的，他故意做給我看。」如珍仍難以平撫激動。

「妳愛他，為什麼不告訴他，為什麼不離開阿良？」她問如珍，聲音逐漸微弱，晉思的手中無刃卻已刺痛她心。

如珍用另外一隻裸露的手，握拳捶擊著慘白冰冷的粉牆，頭額頂在牆上，牆面因她的不斷敲擊而震動如要崩塌。祥浩搶下那手，「妳要讓這兩隻手都廢掉不能用嗎？」

「阿良沒錯，是我不好，我幹嘛又去惹炮口。」她將臉埋在兩掌間，整個人蜷縮在椅子上，是那麼委靡不振的，苦海裡一片載浮載沉的枯葉。「但是沒結婚前誰都有機會選擇，即使結了婚，誰又能保證終身信守。」

「聽著，」祥浩雙手環抱，在室內來回走了幾趟，她試圖用勸解他人來化解自己心痛的感覺，「飄浮不定的愛是敗德，堅定永久的愛是美德，如果妳想要一個人，真正的要他，就要耐心去等待，但妳要讓他知道。」

「妳愛過嗎？妳有男朋友嗎？妳有什麼資格講這種話？我不相信妳和梁銘是真的，梁兄跟我說過了，他是那個痛苦的人，但他從我這裡知道妳沒有男朋友，所以他一直抱著希望。」

深夜的樓下，有個男人的聲音叫賣「燒肉粽」，每晚固定的時間在那裡喊，也許是白天在哪裡上班，深夜為了家人小孩賣肉粽增加收入。愛情會是那樣成為生活的負擔，成為一種深夜裡呼喊的刻苦的聲音？

祥浩無言以對，什麼是真正的愛情，對她也許言之過早，也許已無聲勝有聲，她伏到窗前，想看看那個叫賣燒肉粽的男人身影，只聽到越去越遠的聲音，不知誰買了他的肉粽。是淒清的風，灌了滿面。

「梁兄從來沒說，我怎能了解他的心意。」

「愛常常叫人說不出口。就像我無法對炮口說，因為我不知道他真正的想法。」

「都怕受傷害……」

「都怕受傷害……」

她替如珍紅腫的掌緣塗藥，舊時割腕的痕跡包裹在因燙傷而包紮的白紗布裡，這雙嬌細的小掌傷痕累累，使人愛惜不堪，祥浩說：「再不要為了誰去虐待自己的雙手了。」如珍倒回床鋪抽搐，她今夜已流太多淚。

但第二天，如珍又是一張天真爛漫的臉。

祥浩回校刊社交稿，一向嚴肅的主席展現難得的笑容，他集合社員湊錢買了兩個大蛋糕慶賀祥浩的能文能唱，午後時刻，蛋糕是飯後的一點安慰，大家開始爭論起晚會中民歌選曲的合理性，有人說因為有演唱西洋民歌而使這場演唱失去校園民歌意義；有人說西洋民歌也是民歌，主辦單位沒有界定清楚；有人感嘆民歌早已末流，過於堅持將使演唱會撐不起場面。主席以極權威的口吻說：「當年民歌運動起於這個校園活動中心的演唱會上，如今也在這個活動中心的台上證明了它的沒落。」

「這是潮流，不是哪個校園的問題。」門口有聲音說。

晉思，他已經倚在門邊，誰也不知道他何時進來。

主席說：「你這組要不要把這個主題討論進去？」

「我們的民歌冠軍就在這裡，你說該怎麼做？」晉思反問主席。

所有人的眼光都投向祥浩，她盯著那兩盤已被蠶食一空的蛋糕，心想，晉思那晚去了，他一定去了。她內心的喜悅使她不在乎這些問題，隨便謅了句：「難道是因為別人的不合規定，才讓你們有機會破費買蛋糕？」

「當然不是，」副主席胡湘急著安撫：「妳唱得好沒話說，我們要討論的是校園民歌為什麼不再風起雲湧了，不是妳為什麼拿了冠軍。」

討論該不該做的聲音淹沒了午後寧靜的片刻，原該昏昏欲睡的時光變得嘈雜。祥浩注意著門邊的晉思，晉思毫無表情的聽著大家的討論，眼光時常落在空蕩蕩的門外。雖然他們的討論圍繞著民歌，而不是誰得獎的爭議，可祥浩嘴裡還留著慶賀蛋糕的殘香就得聽一場對這次民歌演唱的批判，覺得自己像一頭待宰的羔羊，她不斷挪動坐姿，一直找不到更安適的坐法。她垂著頭翻稿子，打算不再聽那些人的討論。突然聽到晉思說：「立意是很好，可是這期的內容早就規劃好了，要加頁做還是犧牲誰的版面？這是藝文週的活動，難免歸到我這組來，可是我這組不做，堅持不做。」他從門邊走進來，坐到主席的對面，似已打算和主席擺開談判的架式。主席以安靜沉著的眼光徵求大家的意見。

「不做的理由很簡單，冠軍在這組，討論什麼對她都不公平，你們說我徇私也可以。如果版面挪不出來，不如移到下學期做。」

他堅持，沒有轉圜的餘地，他對她的保護，使別人以為他們若做了，就是對祥浩的威脅。

主席強調：「我們都先認定祥浩奪魁當之無愧。」

所有的解釋都多餘，晉思不打算辯論下去。他無聲的看著主席，主席也無聲的看著他。其他人在這靜默下，感到了不尋常的火藥味逐步靠近。

祥浩打破沉默：「不要考慮我，大家認為該做就做。」

她一說完，晉思看了她一眼，深深的，像穿過樹林後在尋找天空般的，進來之後第一次看著她，但只一剎那，他移開了眼光，站起來，向主席說：「你們繼續討論吧，我的意思已表達清楚了。」他走了出去，沒有回頭。胡湘追隨出去，口中嚷著有話好說。

祥浩像掉落了一樣東西，心不在那些討論上，她想像胡湘那樣為了團體的和諧追出去跟他道歉，但在眾目睽睽之下，她什麼也沒做，她低頭看那份交到晉思手上的稿子，眼裡熱熱的盈載著什麼，她想她傷了他，稿子的字跡在視覺裡變得模糊之前，她拉開嘴唇給了自己一個笑，她一定有辦法彌補，她以為，一定可以彌補。

而後，那天她下山去家教，十點回寢室，她的母親和祥春在寢室內和如珍聊天。母親姣好的面容貼在窗前，側過臉看她，她彷彿看見自己坐在窗前，張望著窗外的世界。她走向前去，沒有多餘的椅子，她蹲伏在地上，擲起母親放在膝上的手，膝蓋著地，她把臉放入母親的手中，伏在她腿上不停的抽泣。她把鼻子壓在母親的裙襬上，壓抑著哭聲。那是個堅強的母親，用另一隻手不斷的撫順她的頭髮，時光在滑落，情緒流盪。

母親的手粗糙堅硬，她碰觸那手，感到那一股堅韌的力量，她挺起背脊，望著母親。母親也在仔細看著她，及她的淚痕。

為啥不打電話回來？起碼報平安。這個原該盛怒的語氣，因為為她拭淚，而異常慈悲。她說，一離開家，她有斷然自尋去路的感覺，過去的成長有股沉悶的氣息壓抑著她，她想掙脫。母親慈悲的臉上開始換上一層陰翳的色彩，她終究不能掩藏從南部帶上來的怒氣，打斷了她的話說，難道妳可以不要父母。母親站起來，拿起桌上的小皮包，望了望祥春。祥春靠在一把椅子上和妹妹一樣沉靜無聲。

如珍說，伯母您留下來。

什麼原因讓母親沒有堅持下去，她看見她桌上擺著的民歌比賽冠軍獎盃，她看見祥浩家教晚歸的疲憊神色。她放下臉上僵持的線條，把椅子讓給了女兒，說，妳在這裡做了啥事，若不跟我說，我覺得妳是存心不要父母。歇寒時，妳得回來。

在這個淒冷的季節，母親的手伸向她，成為安慰。

12

寒假，她回到南台灣的晴朗陽光下。家裡準備過農曆年。陽光下吹拂寒風，廚房後門外的泥灶蒸騰著年糕糯米混合大量糖分的甜香味。那是母親新的營生方式。

母親請人在後門外蓋了這座可以擺下大蒸籠的泥灶，灶邊聳立一管煙囪伸過一個人高。平時蒸鹹糕賣給幾戶零售商，過年期間減了鹹糕的分量，大量增產年糕應市。從一放寒假回來，她就看見母親整天在廚房裡浸泡糯米，將泡軟的糯米提到巷口雜貨店碾磨，磨好的米水裝入布袋，疊磚塊壓擠成漿，漿結成硬塊後又刨削成絲，再加入砂糖搓揉後灌入模型。到擺入蒸籠搬上灶，已磨去了一夜加半天的功夫。母親在廚房裡不斷彎腰、搓揉，走進、走出。原來的麻將桌用來擺放等待出售的年糕。祥浩和弟弟祥雲拿番薯去皮對切後，用以刻印，祥浩刻的是「春」字，祥雲刻的是「福」字。兩人競比誰刻得好，挑了幾字，蘸上紅色食用染汁，在每個年糕中心蓋上，過年的氣味就濃了。祥浩想也想不到，他們有天會販賣過年的氣息給人家，她問母親，怎麼學會蒸年糕，母親說，小時候看村人蒸，回想一下製作過程，依樣畫葫蘆，也就做下來了。

母親是天生地養，但凡手藝一事，到了她手裡就自然成形。她只能幫她照顧燃燒中的柴火及做清洗收拾等工作。父親病在床上，入冬以來，他經常犯感冒，這時躺在床上聽著樓下做營生事業的聲響。祥浩輕輕爬上樓，督促他吃藥，他將祥浩手中的杯水打翻在地，說：「你們都去賣年糕好了，別睬我。」祥浩收拾殘片，父親睜著精利的眼睛看著她，「妳還知道要回來，讀了大學就不知道有父母了。」祥浩轉身要下樓去，父親叫住了她。

「妳一個人在外讀書，以為父母攏不會擔心？」

「我以後會常打電話回來。」

父親咳嗽，她想過去拍拍他，他嚴峻的神色卻令她畏怯。必然是從哪時候開始，畏怯就已存在。

她把父親枯瘦的手腕放入棉被裡，告訴他：「我想省點車資，多花時間賺錢供自己讀書……」

「妳和祥春攏說要賺錢，我怎沒看到你們賺的錢？」父親的語氣好像要拆穿她說的不過是搪塞的謊言。

連她亦不知道算不算謊言。抱歉的話已說不出口。反抗的話倒是橫衝直撞，「你要我添家教來補貼家用？我供自己讀冊已替你們省不少錢了。」

盛怒的父親從床上翻了下來，提起剛才被她塞入棉被下的那隻手摑了她一巴掌。口中唸道：「讀冊讀了啥麼？來忤逆老父。」

祥浩急奔下樓，母親攔在樓梯間也阻止不了祥浩往外走的力量。母親追到門邊，緊抓著她的手，那強有力的，不肯屈服的手勁使她動彈不得。

母親的眼神近似哀求，完全不似她的手勁。

「去說失禮。」母親堅持。

她走到父親身邊，看見父親臉色蒼白陷在一床被裡。她同情他生病的身子，但她也體會了和祥春相同的處境，覺得在父親面前無話可說，她站在那裡等待指責。但父親閉上眼睛，喉結動了動，像嚥了一口口水，寧可把話吞下去。沉默是種嚴厲的指責。

這時電話鈴聲響起，短促而特別響亮的鈴聲像豔陽天底下的一把陽傘，讓她適時從炎熱的灼傷逃遁，她離電話近，去接那電話。公用電話的嘟聲響後，晉思的聲音伴著嘈雜的車陣傳來。他的聲音似乎有些浮躁。

他問她能不能出來，他人在高雄車站。

「你來高雄做什麼？」祥浩壓低聲音問，把內心裡對他的等待和驚訝興奮之情壓到平淡無常。

那邊靜默了一下，說：「路過，順便跟妳打個電話。」

他沒有說他要留多久，他又問了一次：「能不能出來？」

父親的眼睛似乎睜開來盯著她的身影，連眼睛都像是在聽她講話，母親一直在衣櫃那裡磨蹭著什麼，祥浩說：「現在不方便。」短暫而平淡的回答。那邊問了她的近況，似乎想聊下去。她這裡正有一場風暴，她被摑的耳腮尚覺熱辣，她真想出去，帶晉思去望海，去告訴晉思她所受的委屈，或者只看著這個人也好。但也只是平淡的一句：「真的對不起。」

那邊客氣的跟她稱新春愉快就掛了電話。

父親母親都不說話，使得她所接的那通電話充滿罪惡感。她意識到沉默持續下去必然壓抑成另一場風暴。她對生病的父親說抱歉，然後撫著面頰說：「我不是囝仔了，你打我是不對的。」

這次她真的下樓了，母親追上來也無濟於事，她像狂踢著馬腹突圍，一下子就來到街上跳上正靠站的公車。往高雄火車站有二十幾分鐘的車程，晉思還會在那裡嗎？生命是充滿了矛盾和顧忌的，剛才在電話中她無法親口答應他，現在卻又在往火車站的途中。為什麼剛才不一口答應呢？那就免去見不著他的疑慮。都是為了逃避父母詢問的眼神呀，為了不想在那僵持的場面節外生枝。但她拋下一句話就走出來，後果也可能同樣難以承擔。

火車站前的陽光漸漸稀薄，平日在這時候，放學的學生把公車站牌和火車站間的通道連綴成卡其黃和白襯衫的顏色，這時放寒假，站前和天空一樣蒼灰冷瑟。祥浩從正門進入站內，在站內大廳繞了數圈，沒有晉思的身影，他說他只是路過，那麼他要去哪裡？祥浩出車站往右拐，那是一條出了名的書店街，也許他的事情不急，在書店裡殺時間。她一家店一家店探身。直到走到高雄中學的圍牆下才斷了念。然後，她不知道自己應該去哪裡。

她把文藝週的報導稿交給晉思後，到學期末前，他們幾乎不再見面，只有發校刊那天，兩人在社辦加入眾人對校刊整體成果的討論，晉思為了趕另外一個社團的期末聯誼，討論到半途離開。兩人沒有一句再見就各自分別去度寒假。他家在台北，什麼事路過高雄？不管他去哪裡，起碼他有個方向，而她走往火車站前的大道，沒有終點，沒有目的，還癡傻的以為可以在人群與車陣間瞥見晉思在這陌生城市流連的影子。

暮色來臨時，她站在一家樂器行的櫥窗前，櫥窗裡是二胡、琵琶與樂譜，櫥窗之後，成排的吉他排在展示架上，左邊擺設數架古箏，有老師在那裡教學生彈古箏，一位年輕的男老師坐在一把高腳椅上教另一名學生彈吉他，他的手指快速在絃線上移動。她隔著玻璃窗聽見那僵滯結巴的學生練彈的樂音和老師精練流暢的弦聲。一站就是十幾分鐘。如果不知道要走去哪裡，這裡或許就是她要去的地方吧！於是，她與那年輕老師因成契約，整天抱吉他練習。母親的年糕生意之後是鹹糕生意。大灶鎮日蒸騰，讀高中的祥雲時常抱著籃球去附近國中打球，她守在灶前添柴火。

父親的病在年後微有起色，心情也顯得晴朗，興致來時，與來家裡批鹹糕的熟販談笑風生，他原是喜歡嬉笑，在笑談中減斤去兩，母親的辛勞只換取了喜悅的薄酬。母親曾說，肯營生，就不會挨餓。但她相信一定有一個方式可以讓生活不僅僅是「不會挨餓」。過年祥春回來，她看見祥春拿了一疊彷若仍沾著鹹濕汗水的鈔票給母親，她不知道那是多少，但她知道母親臉上欣慰的笑意在剎那間凝聚成愧疚的眼神，在祥春的身影間陰附不去。窮苦使人卑微，她要走出窮苦的困境。

她練彈吉他的手紅腫欲裂，她裹了一層薄膠布繼續練，起了厚繭後，痛感已失。母親從工作中抬起頭來，安靜望著在她懷裡抖動的吉他，安靜聽她唱歌，偶爾也坐在某個角落聽她吹口琴，母親像在她的樂音歌聲裡得到歇息般的，將手安適的放在裙襬上，時光悠遠，母親的臉上閃過一縷青春的神采，她再也沒看過一個受了生活磨難的中年女子，像她母親般在臉上顯出一種寬厚容忍的高雅氣質，母親在生活的苦難中自有一個安定的天地，而那個天地從她仁慈安靜的面容顯現出來，神祕不可侵犯。她能給母親安慰的，竟只是琴音歌聲。

祥浩頓時感到她必須利用她擁有的這項才華給予母親更安穩的人生。

13

下學期開學之初，校外街巷仍充斥著舞會喧雜的樂音與閃爍的燈光。如珍容光煥發，穿著短裙踩著高跟鞋去跳舞。舞會的歌曲帶動舞者的情緒，耽溺在歌曲的感動裡，也就對舞會不能抗拒。

祥浩一直想在舞會裡習得好舞藝，奈何見過晉思的舞蹈後，會場其他舞者的動作僅成運動的一種輕鬆姿態，隨意任性不能稱藝。校刊社不曾和哪個社團或團體合辦舞會，她和晉思不曾再在舞會碰首，認識以來，他也未曾邀她去參加任何舞會。她雖然期待從他那裡竊取舞姿，卻又不願落於刻意強求。她從參加別的舞會獲取與晉思共舞的想像。她也盼望有朝一日能再次的與晉思共舞。

開學後學生碰了面多半要提起寒假如何度過。如珍沖洗了一大疊照片，既展示給祥浩看，又滔滔不絕講著照片背景。那是寒假她和梁銘等登山社的社員去做四天三夜的登山，天寒，照片中的人都裹了重重的厚衣，背著梯子似的登山袋，足蹬厚靴，在蒼茫的天空下對鏡頭留下山裡足跡。每個人在山上都是開心的笑容，梁銘在眾人間仍是大哥的架式。如珍說回程時，梁銘自己留在半山腰的管理處住了整個寒假，她覺得梁銘在療傷，把愛的傷口放在山風下風乾。祥浩故意裝做不在意，指著最後一張相片，在長長的海灘上向鏡頭走來的那個有著中年體態，但面龐略為稚氣的男人。問：「這是誰？」

「我姐夫。」

如珍的語氣淡淡的，不著痕跡似的，說：「過年的時候，他和姐姐回來，這是我離家以來我們第一次碰面。我不要再想這個人了，他卻又來找我。那天約我去海濱，我去了，起先什麼也不說，光只看著我，後來一直問我這幾年好不好。我好不好已經與他無關了。我沿著海灘走得遠遠，他追上來，我舉起相機替他拍下這張照，就自己上岸回家了。日子不可能走回去了，我的記憶裡不要再有這個人。」

「那為什麼還拍下他的身影？」

「我不知道為什麼決定上岸的那一刻會舉起相機。」

「刀痕在妳手上，記憶怎麼可能消失？」

「是啊，我們只是在做無聊的幻想，越不願去想的事想起來越痛。」如珍將相本一本本堆疊到書架底層，那裡原已排滿了相本，回憶一旦收藏起來，新的生活內容又急於成為新的收藏品。

祥浩的生活也自有步調，她持續家教，卻又想另謀出路，她加入音樂社團，為了向那裡的吉他高手請教。她要準備一身好武藝到江湖闖蕩，從在活動中心唱〈橄欖樹〉的那一刻開始，她就隱約知道自己適合舞台，她要唱歌，不停的唱給那些能被歌聲打動的人聽。當在寒假苦練吉他得到年輕老師讚美時，當母親若有所思的靜坐一旁聽她的絃音與歌唱時，她就知道自己應有的選擇。

大餐廳的演唱工作通常需要邊彈鋼琴邊唱，彈鋼琴於她是奢侈的夢想，抱著吉他在小餐廳唱歌是比較容易實現的夢想，也是高收入的打工機會。而民歌餐廳日漸稀少，選擇十分有限，在新的吸收顧客花招取代舊有民歌演唱之前，她得加緊練習琴藝。

白天，上課、讀書之外，她待在社團練吉他，晚上去家教。她無暇顧及校刊社，晉思這學期退出校刊社，遊蹤不定。一個社員編了兩期校刊後，通常嘲笑自己是老鳥，退到別的社團去玩耍或逍遙法外，精利一點的人，絕不讓編校刊成為當掉許多科目的原因。那個坐在主席位置上的電機系學生也捨下了當了幾屆老鳥的寶座，孤獨的準備修第五年的學分。

晉思既已不在校刊社，她每踏入那社團就彷若失落了什麼，去社辦成為負擔，她因不參與活動和討論而被摒除在外，既沒當上專題召集人，又沒什麼非要她做不可的任務。新接編務當上主席的胡湘曾要她企劃一場座談會，她以沒時間聯絡與安排為由拒絕，從此胡湘不再對她的編輯能力表示熱情。她也轉移全部精力在她的樂器上。事實上是晉思的缺席使她當初加入社團的熱誠蕩然無存，還沒全然退出，是因為那裡曾有晉思的聲音與身影，她坐在晉思曾坐過的位置，感受他的溫熱。她曾想去晉思的系上看課表，看他出沒的時間，越是在意，越是情怯。她往往走到他上課的樓宇，就像要辦什麼急事般的，匆促著腳步離去了。

直要有一天，胡湘要辦老鳥回籠的聚會，以示對前輩編輯人的敬重與懷念，她才感到疲累生活裡出現了一點希望的光影。

聚會的地點在山崗下一家格調幽靜的茶館，大家約好在那裡吃晚餐，祥浩來晚了。這晚微雨，她在門口擺傘，一眼瞥見門內晉思和胡湘站在靠門處，晉思衣服微濕，他的方格呢長袖沾了雨，胡湘替他把濕了的袖口往手肘處捲，晉思盯著胡湘替他捲袖口的動作，嘴邊掛著滿意的微笑，兩個認真的人，在茶館幽幽燈光下，和諧柔美，祥浩這才注意到，胡湘有一張柔美的臉龐，在為晉思摺袖口時流露無遺。她突然想往回走，回到雨中，但來不及了，裡頭的人喊「祥浩來了」，引來一串注目的眼神，使她不得不走進去。

新舊社員重聚，場面異常熱鬧，每個人都忙著打招呼，隨意找位置坐。已離開了幾期的社員不認得祥浩，但祥浩之名已因民歌演唱及她那張姣好的面貌而傳揚開來，博得老社員的禮遇。她即刻被關心社務的老社員包圍，那是幾個大四男生。她與他們同桌，晉思在胡湘那桌，與她隔了兩桌的距離。他們的眼神在幽幽的燈光和嘈雜的聲音下相遇，各舉起手來與對方打了招呼，像對待別的社員那樣。祥浩因而感到自己在他眼中的眇小，原來他與她，只是社員之誼。

胡湘在那桌大談寒假晉思去高雄，她盡地主之誼帶他去遊市區，他們談高雄新蓋起的建築物。這桌的男生和祥浩談歌唱。如果她不能在生命中得到別的東西，起碼歌唱是她可以選擇擁有的。她說她正在學吉他，為了帶把吉他去流浪演唱，走到天涯海角，唱到地老天荒。這個浪漫的想法，馬上引起同桌一個學長的訕笑，他說：「那樣太孤單，不如唱給我們聽，有立即的掌聲。」

誘人的晚餐一道道送上來，那個要祥浩唱歌的學長跟老闆要了一把吉他，他用紙餐巾擦去吉他上的灰塵，將櫃檯邊的高椅子挪到靠牆的一束燈光下，他坐在那兒調音。他把音色調好後，悄悄走回桌子，問祥浩能不能自彈自唱，如果不能，他可以伴奏。

祥浩用大拇指彈撫每根起繭的手指，很肯定的說：「可以。」她放下餐具，抱起吉他，坐到那張高椅子上。享受美食的社員，對這個聚會於是有了期待。

在這個臨海的水鄉聽到胡湘談論港都，她想到錯失了帶晉思去看港都水域的機會。胡湘是富家千金，她所知的港都怎與她所知的相同呢？她小時候常去碼頭，一群在碼頭上由外地來求生的窮苦人日夜工作，汗水蒸融在烈陽下，再化雨滴落在海中，那才是真正的港都！她初進港都時，唯一的一棟四層樓的百貨公司是高雄的地標，更多的平房才是高雄的眾生，許多從鄉村移居到港都討生活的人，寄居在那屋舍高矮錯落的巷弄間，靠著彼此的思鄉傳遞出外人互相照顧的感情。高樓大廈不能代表港都高雄的精神，那只是金錢侵略後做為文明外表的產物。

她撥絃，在盤碗刀叉交錯間，唱起：「今夜又是風雨微微，異鄉的都市，……」小時候，巷口人家的收音機不斷播放這首悽愴的歌，成為童年悽愴的回憶。

她在捕捉晉思的眼神，晉思沉坐在他的位置與同桌人輕聲談笑，他竟是這樣輕狎她的歌唱，她馬上感到心情在流浪，和絃一轉，唱起〈橄欖樹〉，流浪的歌聲，流浪的心情，寬廣無邊的唱腔。她不再看晉思，她禁不起他的冷淡。

唱了幾首後，將吉他交給別人演唱，她向大家告辭，她說她家教的時間到了。

外頭的雨絲變大，飄落成夜的淒迷。幾名男生商議誰送祥浩去。祥浩正推辭著，晉思站了起來，說：「我是她的組長，當然我送她去。」

晉思走到門邊拿起自己的傘，也替祥浩撐開傘。胡湘迎了出來，對祥浩說：「家教後再回來。」

祥浩說：「那時晚了，大家不要等我。」

胡湘轉向晉思：「那你送了她得再回來。」她兩眼盯視晉思，眉宇間流露隱憂。

祥浩沒有理會胡湘的不安，她走在前，晉思跟在後。他們各撐各的傘。

出了窄巷，兩把傘並行，祥浩說：「其實不必送我，這條路，我從上學期獨自走，天晴或下雨，走慣了。」

晉思嘴角一抹友善的微笑，兩眼斜視著她撐傘的側影，直到祥浩轉頭與他的眼神相迎，他才調轉視線。

「你寒假去高雄找胡湘，大概玩得愉快吧！」

「妳怎麼確定我是去找胡湘？」

「剛才胡湘不是說你去找她嗎？」

「是妳不肯出來。」

「我去了，但你已經走了。」

晉思略以嘲諷的口吻說：「看來好像是場誤會，妳若在電話裡答應出來，我就不會去找胡湘了。」

祥浩心想，你就不能等我一下嗎？等不到我非得找人替代嗎？剛才胡湘為晉思摺袖口，那樣流暢自然，這點體貼，她是比不上胡湘的，因此她也無由追問他為什麼非轉而尋找胡湘不可。

沿著老舊的街道往渡船頭附近的市場窄巷走，兩人進到市場裡，褲管都已淋濕。晉思問：「妳常常在風雨裡上下山很辛苦，以後我來接送妳。」

「好天氣的時候多。」

「等一下我來接妳。」晉思逕自說著，祥浩不置可否。兩人停在家教學生的樓下。祥浩往上走，她眼角的餘光看見晉思一直站在那裡看她上樓。心想他說的話不知是否當真。

兩個小時的課上得心不在焉，她再下樓時，晉思果然撐著傘等在那裡了。雨絲沒有停過。他的褲管幾乎全濕了，她問他是不是從聚會裡來，他說，他沒有回聚會，他去渡船頭看雨絲飄在河水上，看對岸觀音山上山野人家在雨霧中透出的細小燈光。他說得冷靜平淡，使她懷疑他是不是真的做了那樣的事。

「為什麼要去看雨，不回聚會去？」

風中好像有晉思的嘆息，但她聽不清楚，只看見晉思的眼神從她臉上匆忙掠過，回到淒茫的雨中，說：「為了等妳。」

這句話她聽得很清楚，她的每吋肌膚都因而溫潤起來。儘管在他們走出市場窄巷時，雨已大得把他們的手臂都打濕了。海風斜送雨絲，他們的衣服也濕了大半。

「這樣的風雨上不了山，傘到半路就會給風折壞。」晉思說。

「也許找個小吃店先躲一躲，等雨過了……」

「妳以為這身濕答答，坐在店裡會是一件很舒服的事嗎？」

他們的傘在風中弓得露出骨架，晉思帶她往離火車站不遠的一條道路走去。道路上住屋林立，他帶她去他的住所。

那是棟四層樓的公寓，晉思住在三樓。切割了數個小空間的典型學生公寓。祥浩一進屋，身體感到一股涼意，兩隻胳臂緊緊的抱著打顫的身子，嘴唇泛紫。晉思從衣櫥裡翻出一件略皺的長袍睡衣，催促她去洗熱水澡換衣服。她在公用浴室裡看見籃架上有女生的洗髮精，猜測這是棟男女共居的學生公寓，這是晉思住的地方，在晉思曾洗澡的地方洗澡，她心裡有種異樣的感覺，使她感到羞澀難堪。她穿上睡袍，剛洗過的溫熱肌膚貼著絨布睡袍，兩種柔軟的觸感貼合在一起，袍內空蕩無物，她沒有這樣穿過衣服，竟有些心神蕩漾。睡袍大了些，她把腰帶緊緊的繫著，好似晉思的兩隻手環抱著她的腰。她抱起濕涼的衣服回晉思的房間。

房門開著，晉思換了一套運動服坐在書桌前寫什麼，他也剛在另一間浴室洗過澡，兩個人的身上都散發著皂香味，一室的皂香味。

「真不知道雨會下這麼大。」祥浩抱著濕衣服站在房中，這間單人房沒有任何地方可以晾衣服，唯一的一把椅子正給晉思坐著。單人床鋪上整齊的疊著棉被枕頭，淡褐色地毯有他們剛進門時踩上的水印，牆上掛了一張巨大的海報，一個男孩在發亮的地板上跳著遒勁的舞蹈。他是花了功夫布置整理的。如果不是這場雨，她怎會到這房裡來呢。晉思低頭寫字，圓形領上露出一截頸項，光滑結實，她真想走近那頸項，輕輕的用唇給他一點溫熱，但她只是站在那兒，抱著濕衣服不知所措。

晉思緩緩抬起頭看他，他的眼光在咖啡色睡袍上瀏覽，他站起來，接過她的濕衣服，一件件抖開晾在床架上。他把她的棉質內衣褲放在床架上時，她覺得自己在他面前已經赤裸裸了，她雙手抱著那過大的睡袍坐到床緣，窗外的雨沒有歇止，聽到雨滴敲在窗玻璃上的叮咚聲，她感到了室內逐漸加速的寒冷，她把睡袍抱得更緊。如果這時候晉思過來抱她，她會像一頭綿羊般偎在他懷裡，埋著頭直到天氣晴朗。

但晉思沒有過來。晉思坐回書桌前的椅子。一隻手支在椅背上，一隻手拿著筆旋轉，看著她，及她身上那件衣服，他的眼裡像有一把火在燃燒，在冷清的夜裡發出溫暖的光熱，但這把熱在靠牆的書桌角落獨自散發。他也聽到那不想稍息的雨聲。他說：「看來今晚妳得留在這裡。」

他拿給她一把吹風機，坐在那椅子上看著她把長髮吹乾，後來他走過去，接過吹風機，替她吹那未乾的髮，他的指尖在她髮上滑行，不斷從她的鬢邊撮起髮絲讓熱風吹著。突然，他撮髮的手從她的肩膀伸過來擁到她胸前，他的頭靠在她的後頸項磨搓著。祥浩在那一剎那感到全身都飄浮起來了，她想像這隻手馬上就要在她空蕩的睡袍裡探索，她想俯下頭去輕吻繞在她胸前的臂，晉思卻放開了那隻手，關掉吹風機，站起來把吹風機放回書架最上層的一隻籃子裡。

他站在書架邊看她，祥浩低著頭，聽到他輕輕說了一聲：「對不起。」然後說：「妳安心睡這床，明天我送妳上山，今晚我到隔壁借房間睡。」

聽到他的扣門聲後，祥浩倒在床上，將臉埋在枕頭裡，想著這段日子以來的自作多情。

她真該現在就上山去。她伸手去拿衣服，濕涼從指尖穿到背脊，晉思的睡袍也顯寒冷了。她去拿那吹風機，想把衣服吹乾，手一觸及籃子，就看到放在籃邊的一疊未經整理的照片，第一張是晉思摟著胡湘的肩膀站在海灘上，右側一條長堤，那是淡海唯一的一座伸向海面的堤，兩人著短衫，是夏天的事。好奇和妒意的驅使，她一張張看下去，是校刊社成員的團體照和兩人摟腰搭背的合照，原來他們早就在校刊社裡相識並得到社員的認可了。

祥浩放回照片，雨聲成為輕狂的獵人，獵取她原有的熱情。書桌上是晉思剛才在寫的紙片，一枝筆橫跨在那裡。她移開筆，紙上寫著：

夜雨淒迷／猶如我浪人的心／飄盪無所／雨夜後／朝陽的升起應是妳溫柔羽翼／而今風塵裡我足跡略疲／只能看著妳／看著妳純稚的容顏／任夢想碎散，隨風而逝

原來他是個詩人，做著浪漫的夢想，她心裡的感動因子剛剛死亡。什麼事也不會再發生了，剛才晉思抱她，不過是一時輕狂的舉動，他有胡湘，他為了胡湘，避到另一間房去睡覺，以示他對胡湘純真的愛。

她把那首詩的末一字「逝」改成「起」，在她因疲倦而趴在桌面睡著時，她並不知道自己改了那個字。

第二天，陽光開得燦爛，一夜的雨把天空洗亮了。玻璃透進來的亮光催醒她。她換下睡袍。衣服仍有濕氣，但她估量，在陽光下上山，衣服略濕無礙，一回寢室就可以換一身乾爽的衣服了。

她將睡袍摺好放在整齊的床褥上，是一種一去不回的壯士心情。

14

這學期發生的事總是令人感到惶惑不安，生活不似她們想像的那般單純，或像新鮮人剛進校門時那般以奇異的讚嘆看待新接觸的事物。在新事物因習慣而像老舊用具般被放在角落漠視時，那些平時沒注意到的事物就浮現成為視覺關注所在。

祥浩完全的退出社團了，胡湘知道她正為了去民歌餐廳演唱而把家教與上課以外的時間拿來練吉他，在校園巧遇時，她對這個以失蹤形式不告而別的社員為達成理想而努力的精神讚美一番，但私下裡譏諷祥浩為了個人利益放棄團體榮譽與使命，做為一個校刊負責人，實在不能忍受一份力量的突然消失。祥浩從她眼裡透出的冷淡，了解她對她的不諒解。從胡湘身上，她看到自己在情感上的羞愧，她以為自己準備好要接受愛情了，這個女子卻早在她之先嘗試了滋味。她從胡湘那裡看到自己的挫敗與無知。即使胡湘在別人那裡擴大她的自私自利，她也不想和胡湘有任何糾纏。

現在，她一心一意想著獨立。她每個週日搭火車去市區，在人群行步如飛的台北火車站轉搭公車去不同的民歌餐廳聽歌，她想了解每個演唱者的實力和演唱方式，然後估量自己的實力夠不夠資格去找老闆要工作。她向在台北市區讀大學的昔日同學打聽這些餐廳，圍繞在大學校園附近的民歌演唱餐廳已日漸稀少，而由可以和情侶隱密相處共看電影又附贈飲料的MTV廂房取代，她的選擇也變得有限。幾次週日觀察下來，她發現已經沒有純粹的民歌餐廳，幾年前流行的校園民歌在這些民歌餐廳裡演唱的機會也微乎其微，歌者演唱當紅流行曲，或者演唱昔日民歌手唱紅的流行曲，也有人唱西洋老式情歌，餐廳的消費者也會要求歌手唱非民歌的曲子。正如梁兄所說的，校園民歌的時代已經過去，這一代的年輕人不再譜自己的歌了。有一天，甚至那民歌餐廳的招牌也要取下，而換上什麼令人無法想像的新玩意吧！不管怎樣，她要掌握的是現在，是馬上可以得到的利益。

每次從不同的民歌餐廳出來後，她就去找祥春共進晚餐才回小鎮。祥春仍住在那條窄巷陳舊的二樓洋房裡，工作卻已換了幾個地方。他的工作是流浪的工作，一個工地移過一個工地，做完了一批工程，不知道下一批工程在哪裡。但祥春的努力和守信用建立起來的口碑，使他擁有較多被輾轉介紹的機會。他的工作往往可以預排兩三個月，工作時，他埋首在辛辣的木料味與嗆鼻的膠水味間努力達成客人的要求。他的老闆因他建立的信譽而給他提高酬勞，但他不需要花太多的錢過日子，在工作銜接的空檔，他躺在他陽光充裕的房裡閱讀，這也是令祥浩擔心的一點。她覺得祥春應該有些社交活動，尤其在這個陌生的城市，他完全沒有成長背景，沒有共同長大的朋友，他若一直在工作與孤獨的閱讀間過日子，必然要成為一顆漸漸晦暗的星子，被宇宙的黑暗吞沒。

祥春不開伙，廚房唯一的用途是擺放熱水瓶，他們通常在祥春住所附近吃晚餐。祥春剛完成一處工作，在另一個工程開工前，他有幾天的清閒，也許是這清閒的鬆懈，讓他有充裕的精神去注意妹妹幾週來都到台北來找他。他帶她去牛排館，兩人坐在靠牆的桌子，夜晚的車燈如流，在玻璃上折射流竄，祥浩第一次坐在掛著流蘇窗簾的餐廳裡吃牛排，窗邊種植了一排綠色植物，祥春總是善待她，使她不得不說出那個多次到台北來的祕密。

「我要去民歌餐廳演唱。正在觀察適合的餐廳。」她說。

祥春的眼光在她臉上停留，好像她的臉是一張地圖般的，她覺得大哥在鉅細靡遺的閱讀地圖，好一會兒，他放下刀叉，端正身子，他嚴肅的語氣使她挺起腰脊。

「妳想到自己的安全嗎？」

「沒什麼好擔心，民歌餐廳很單純，消費者大都是學生。」

「學生並不代表安全，妳的想法還是太簡單，如果妳有一張普普通通的臉，我不必替妳擔心，但是妳這一張臉可能惹禍，這也是媽媽要我多照顧妳的原因，我不希望有差錯。」

「在台北街頭，一張出眾的臉算什麼？轉兩個街角就可以碰上幾個。」

「不一樣，當妳坐在明處，在固定的時間和地點出現在不可預知身分的眾人面前時，就很難預測有什麼突發狀況。」

「你想得太多。」

「我希望是。」

他們沉默，各自又拿起刀叉，白色的車前燈和紅色的尾燈在窗玻璃上交錯夜的繁華與匆忙，他們是城市裡的客人，匆忙的在城市裡找一個可以坐下來好好吃頓飯的位置。

祥春在片刻沉默後說：「只要妳告訴我一個非去餐廳演唱不可的理由。」

祥浩不假思索：「我喜歡唱歌，為什麼不用這項興趣去過獨立的生活，我不要依賴媽媽用她的雙手在滾燙的蒸氣間為女兒的學費、生活費發愁。」

她知道他攻擊了祥春最脆弱的部分，祥春是最體貼母親的人，他的苛待自己、辛勤工作，大多是為了讓母親脫離生活的磨難。他的眉宇漸漸放鬆，他慢慢的細嚼美味，他喝了一口水，用略顯老成的眼光看她，說：「我了解妳的心思，我阻止不了妳，有一種可怕的頑固的遺傳在我們身體裡，即使妳只得到了媽媽的那一半。走到大眾裡對妳也許是歷練，但妳要學習察言觀色保護自己，有什麼不如意，起碼有大哥可以商量。」

祥春說得太快，在說「即使妳只得到了媽媽的那一半」時，眼神閃爍了一下，但她想，他說的是一半父親的遺傳，一半母親的遺傳。

自此以後，祥春陪她觀察了她選中的兩家位於大學附近的民歌餐廳，離祥春所住的地方不遠，那個地點給了祥春安全感。得到祥春的首肯後，有一天，祥浩自己帶了一把吉他，清晨即從淡水搭火車趕在其中一家餐廳營業前去試唱。那天她自己去找老闆，老闆從忙碌的廚房出來，四十幾歲，一張樸實的方臉，她跟他說她想在他的餐廳演唱，她注意到老闆以他銳利的眼神迅速的從她頭頂掃射到腳趾頭，說他們有足夠的歌手，但仍然可以給她一個試唱的機會。

她懷著忐忑的心來到餐廳，她對自己的歌聲有信心，但不確定在滿額的歌手間，老闆能不能給她機會。這家叫「木棉」的餐廳在鬧街一家服飾行的二樓，從邊門狹窄的樓梯走上去，幾個服務生穿好制服整理櫃檯準備營業。果汁機發出小馬達轉動的細碎嗡嗡聲，一名女服務生守在那機器旁，檯面上有一大籃切好並泡過鹽水的蘋果，他們以特製蘋果泥塗在土司上送進烤箱裡烘烤，成為店裡的一大特色。那名女服務生在開店前準備著足量的蘋果泥。

老闆顯然在這天特別早到，她看見他坐在一張椅子上，盯著為他工作的這些人，她一進來，他就站起來，走到那個唱歌的臺子，那裡有兩把椅子，他指示她一起坐在那裡。兩支麥克風，一支對著歌者的嘴，一支稍矮，對著吉他。祥浩很快坐上那椅子，老闆似乎不想浪費時間，他用手撩過光滑的額頭，將稀少的頭髮往上撥，然後指了指背後那片貼了各種新唱片海報的牆壁說：「這裡的顧客常常點新出的流行曲，所以我們的歌手要學歌學得很快才能滿足顧客的要求，通常我們對歌手會有些要求，如果顧客點的歌常常不會唱，我們就很難留住這個歌手，想來駐唱的人太多了，我們有很大的彈性去挑選歌手。」

祥浩一邊調絃，那幾個服務生向她遞來等待聽歌的眼色，只要有人願聽，她唱歌的精神就亢奮起來，即使老闆講了這些試探勇氣的話，她想，可以利用幾個月學吉他了，還怕練歌嗎？她回頭看那些顏色紛雜的海報，挑中了其中一首過去民歌手唱的新歌，雖不是民歌，在校園裡仍有不少聽眾，當大家都沒有選擇時，就選擇了別人所選擇的，一窩蜂的聽著。她唱新歌是為了讓老闆打消剛才的疑慮，她接著唱了兩首民歌和一首西洋情歌。老闆從椅子上站了起來，在她面前走來走去，她絲毫不受干擾，一個音也沒唱錯，一個絃也沒撥錯。服務生停下工作看她，連空調的系統也彷彿停止，只剩下她的歌聲。

她放下吉他的時候，營業的時間也到了，還沒有人走進來，老闆取下釘在牆上的一張演唱時間表，帶她到窗下的一張桌子坐下來。她從老闆光滑的臉上釋放出來的笑意，已經知道了答案。

祥浩像一隻燕子一樣輕盈的棲在椅上，老闆說：「妳的音質很好，西洋歌曲也唱得很像樣，先試一兩個月吧，有人唱了兩三次就突然不來了。」他把時間表攤開，「我們的時間排得很滿了，頂多只能再挪出一個時段，妳希望白天還是晚上。」

「晚上。」

「那就這天吧！」老闆在紙上的某個夜晚時段打了一個勾。

她得到了這份夢寐以求的工作！她走出餐廳後接觸到的第一口空氣雖是車煙飛揚的混濁，可是她深深吸著，覺得人生有了一個新的開始，空氣從來沒有這樣帶著芳香過。她像沉睡了很久，突然睜開眼睛，強烈的光線讓她感到四周的景物像個新的怪物般的新鮮耀眼。

隔壁是家唱片行，剛拉開鐵門做生意，她走了進去成為第一個客人，挑了十來卷新歌曲的錄音帶抱到櫃檯。那個剛睡醒不久，腫脹的兩眼上塗了擴張性的淺藍色眼影的老闆娘為這開店門五分鐘之內就賣掉十幾卷錄音帶的運氣，感到有點措手不及，結帳時，給了一個平時不會給的折扣數，還笑盈盈的將祥浩送到大街上，指示她哪班公車可以更早到達火車站。

每週只唱一節對遠離市中心的她來說，並不划算，買錄音帶和買服飾的成本加進去，還可能倒貼，但這是一個開始，以後可能可以加到兩節、三節，或再找其他餐廳演唱。她坐在往淡水的火車上，覺得生活充滿希望，沿路淡水河在陽光下洵洵發亮，她從沒看過這麼澄淨晴朗的河面。

她辭去一個家教，以便晚上的時間可以挪出來到餐廳演唱，在黃昏暮色中，她搭客運車或火車去市區，在夜色裡登上位於二樓的餐廳唱給那些用餐的情侶聽，有時祥春坐在一個角落裡孤單的為她捧場，到晚上十點，送她到車站追逐夜色回小鎮。祥春忙的時候，那個他慣常坐的角落即使有其他客人坐在那裡，也顯得特別淒清。回到小鎮，往往已是子夜。有時星空澄亮，有時月暗星泯，若遇上飄雨的夜晚，她會從背袋裡掏出預備好的雨套，為吉他穿上。她大可在寢室裡放一把練習用的吉他，把謀生用的吉他放在餐廳裡，不必每次抱著擠公車，但她堅持將吉他帶在身邊成為伴侶，尤其碰上雨夜，雨絲飄灑過來，因那次與晉思共度雨夜的回憶而令她心裡糾成一團時，她更需要緊緊的抱著吉他做為慰藉。

練歌成為謀生的功課後，常常也給她帶來緊張，客人點的歌五花八門，甚至也有逐漸在市場裡抬頭的閩南歌曲，四處搜羅錄音帶和練歌用去她極大的精力，每當她走在校園裡，為某一首新出現的歌曲哼著歌詞，望向觀音山的方向，就感到寂寞如水草般千絲萬縷纏縛著她，她有些冀望在不期然中碰上晉思身影，又覺不過是一場妄想罷了，那個大雨後的早晨，她就下定決心逃離自織的迷陣。

有天，如珍帶著梁銘出現在她演唱的餐廳，梁銘彷彿有意外的驚喜，嘴角抿著久久不去的笑意看著她，祥浩了解那個笑意所傳達的意思，除了點歌的部分外，她把今夜想唱的歌，全部換成校園民歌，她按在吉他上的手指早已成繭，那是短時間苦練吉他的結果。她唱歌取悅他，因為她不知道要取悅誰。梁銘始終活在校園民歌蓬勃發展的時代裡，她從他的笑容知道她帶給他的快樂。他的手一直握著一隻溫熱的杯子，直到祥浩唱完歌帶著她的吉他走向他。

15

學期末，活動中心舉行畢業舞會，如珍興奮的在室內不斷試衣服，詢問祥浩哪一件好看，一向對穿著打扮極有主見的如珍，因為炮口的邀舞而失去判斷力。

「他一向喜歡自己一個人跳舞，現在竟然跟大四學生混到一張入場券，邀我當他的舞伴。這太不可思議了。」

「他為妳打破慣例了？」

「也應該了，我多少次給他暗示，除非他是白癡。」

「阿良不跳舞嗎？」

「他是木頭人，他哪會跳。」

如珍在祥浩的讚許下，穿上一套米白的短衫長裙。可是她還是嘆了一口氣說：「唉，要不是正式舞會嚴格規定女生要穿過膝長裙，否則穿長裙跳快舞真是世界上最難看的舞姿，妳能想像跳吉魯巴時，腿被裙子卡住提不起來嗎？」

她的喜悅沒有因抱怨而稍微掩飾。她提著長裙的裙襬出門去了。在山崗上和薰的夏日之風迎向她心所慕之人。

空蕩。

如珍才走不久，阿良來按鈴，他穿著筆挺的白襯衫，弧度柔美的領口下，繫了一條細長的藍領帶，他用極度興奮的嗓子向門內叫喚如珍，祥浩站在門邊側了個身子讓他瞧那一室的空蕩。

「她真的不在。」祥浩說。

「她跟我說今晚會留在寢室裡。」阿良拉了拉領子，又扯扯那條耀眼但拘束的領帶，說話開始有點慌張，「她那麼愛跳舞，我想給她一點意外驚喜，帶她去參加畢業舞會……」

「你應該先跟她約好。」

「她是不是跟別人去參加了？」阿良低下頭來望著如珍的床底，如珍通常將她最好的外出鞋擺在那裡，阿良一看那裡只擱著如珍平時的便鞋，臉上浮起的失望與疑慮馬上奪去了那條藍領帶的光彩，他囁嚅著：「她為什麼要騙我她不出去？」他像自己摑了幾下耳光似的甩了幾下頭，厚重的鏡片透出兩束帶著憤恨的微細眼光，祥浩不禁打了個寒顫，他像一頭被激怒的獅子隨時備戰搶回他的森林領域，站在門邊一動也不動。

「她只是愛玩，以為你不喜歡跳舞，和別人跳跳也無妨。」祥浩試圖安慰他。

阿良急倏轉了身，說：「我去找她。」聲音方落，人已消失在公寓的樓梯口。

幾十分鐘過去了，阿良臨去前凶狠銳利的眼神使祥浩坐立難安，她闔上書本，繫了一條長裙往活動中心去。從宮燈道往上走，舞會的歡樂喧譁已隱然可聞，越接近活動中心，撼動的舞曲像一聲聲轟然而降的雷響，敲得她血脈僨張，她分不清是因為許久沒有去舞會場所的關係，還是阿良那個銳利的眼神和如珍繫上長裙時的神采飛揚對比強烈，而使她心裡不安。活動中心前後兩個門，各有畢業籌備會的人員駐守，他們要驗票，也要防止那些不合衣著規定的學生闖入。其中一兩個祥浩認得，都是極活躍的大四畢業生，經常在各社團之間穿梭，他們也認得這個在民歌比賽中一唱成名的英文系學生。她走到門口和他們打招呼，他們對她的落單略表驚訝，有一個睜大了鏡片後的眼鏡問她：「沒有人邀妳跳舞嗎？」

祥浩說：「可不可以讓我進去，我要找人。」

那個人領她進去時說：「如果不是我要看門，我一定跟妳跳整晚。」他將她帶到會場的邊緣，那裡有許多人沿牆站立注視舞池中晃動的舞影，「妳看，落單的人很多，他們都是高手，潛進來物色目標跳舞。趕快去找妳的舞伴吧。」

祥浩慢慢沿著牆面走動，眼光盯著舞池中每對在音樂中渾然忘我的飄動的身影，她忍不住隨著舞曲的重音顫動身子，用後腳跟挪動身子去尋找阿良和如珍、炮口。音樂帶著極度煽動的能量，敦促著人們表現他們最真實的情感，她在靠近花園那片牆，看到離牆不遠的舞池中，如珍緊緊的勾著炮口的肩膀，把她整個頭陷入炮口的肩上，炮口的雙手好像被迫摟住她的腰，腳步有點不自然的僵直，使他們摟成一團的身子略向他傾斜，但不管姿態多麼不自然，乍看之下，仍像一對不捨男友即將畢業離開校園進入軍旅生涯的情侶。在牆的一邊，離祥浩幾步遠的地方，小臣貼牆遊走，看熱鬧般隨意看著舞池，臉上蒙著牆角的陰影，站在他附近的阿良雙手支在背後靠牆而立，動也不動，像一具殭屍，白襯衫在略顯灰舊的白牆下蒙上一層跟他的臉色一樣陰沉的晦暗。祥浩真為他擔心，怕他倒在浮麗流轉的燈光下，她走了過去，輕輕抓著他的衣角，問他：「你要跳舞嗎？我們可以下去跳。」

阿良沒有反應，他的鏡片只映出了閃爍的燈影，交混在燈影間的，是如珍和炮口在熱舞時仍不時貼近的身子。他偏轉了臉，向祥浩釋出一個有幾分哀淒的笑容，問祥浩：「如珍的舞姿很漂亮是不是？」之後流轉了兩三首樂曲，他沒再發出一語。祥浩無法跟他解釋如珍和炮口的關係，因為她知道獲得炮口的愛一直是如珍的夢想，她不能跟阿良撒謊就不如不要說，即連勸解的話都多餘，阿良的沉默像條風雨中搖搖欲墜的扁舟，不能再負載任何東西了。剛來學校時，阿良幫她建立起自己居住的小天地，基於這份感恩的心情，她站在他身邊想給他一點安慰，但她感到在阿良眼中，除了如珍和炮口跳舞的身影外，四周已空無一物，音樂也已無聲。

就在這時，她看到了舞池中一個跳躍靈活的影子，在一群舞動的人中特別遒勁有力，他像魚般的穿梭在音樂的流動中，使他的舞伴相形遜色。她看見他在換舞伴，每首曲子都邀不同的女生跳舞，對他來講，請誰跳舞只是一種形式，他在獨舞，他跳著自己的舞，就像在她第一次參加舞會時他只邀請她跳了一支舞，兩人就不曾再共舞過。她不確定在他物色女生跳舞時有沒有看到站在牆邊的她，但她知道這個叫晉思的獨舞者仍然以他的舞姿探向她內心深處的感動。她感到必須有一個地方躲藏，她像急於脫離夢魘般的飄離了那個歌舞喧譁的場所。

阿良仍站在那裡，他們不過是兩條失去愛的鬼魂罷了。

祥浩回到寢室撫著她的吉他，夜靜，她無意以彈吉他來侵擾隔鄰的安寧，常常是這樣的深夜，她撫著吉他的每一根絃，直到波動的心思像夜一樣安靜沉穩。在她能感覺活動中心的舞曲已戛然止息，曲終人散時，一串搖著鑰匙急促尋找鑰孔的聲音顫抖著傳過來，然後如珍赤腳撞了進來。她的絲襪皺裂成發皺的邊緣緊貼著腳踝，米色裙的裙扣從後腰歪斜到側腰，把她的身材像給擰扭了般失去重心，她的髮絲在頸項間亂爬，衣服領口的第一顆鈕扣脫落，露出頸子上一道鮮紅的傷痕。她伏在桌上喘息，祥浩趨前抱起她的肩膀，如珍風乾的淚痕使那對無神的眼睛異常大，大到成為兩個無光的黑洞，啊，折翼的天使，祥浩將她摟在懷裡，問：「怎麼回事？」

如珍畢竟沒有被她的處境擊倒，她掙脫祥浩溫熱的手臂，走到牆上那面鏡子前端視自己，她用手拉開領口，撫過那道鮮紅的傷痕，說：「阿良勒我！」她的雙頰因激動的陳述開始恢復紅潤，「我整夜和炮口跳舞，我終於證明炮口愛我，跳慢舞時他把我摟得好緊，但跳到最後一支舞時，從來不參加舞會的阿良竟然走過來邀我跳，炮口看到阿良過來，就自動走開了，到舞會結束時，我怎麼找都找不到他。阿良不太會跳舞，卻把我的手揑得好緊，我想他一定看到我和炮口跳舞，氣瘋了，他一直踩到我的腳，我們兩人的舞姿一定很窘。舞曲結束時，他仍然緊揑我的手，幾乎是把我用拖的拖了出來，往側門他住的地方去，在他的公寓樓下，他停在那裡的機車擋到了門，他踢了機車一下，順手掀起機車的儲物箱，拿出童軍繩，我問他想幹什麼，他一語不發把我拉上樓，進入他的房間。他鬆手的那一刻，我罵他簡直發神經，他冷冷的問我，是不是愛炮口。我不想隱瞞，是攤牌的時候，可是我也怕傷害他，他對我一直很好，在我吞吞吐吐想找最得體的措辭時，他把那條童軍繩繞上我的脖子，他的眼光成為狼的眼光，露出非把我吃掉不可的仇恨，那不是阿良，我雙手去扯繩子，他用力勒，繩子在頸子上摩擦的熱力使我意識到我馬上就會死在阿良的妒恨心下，我踢他的肚子，沒命的踢，我不知道踢了多少下，阿良把手鬆開了，他的眼睛像死魚眼，他翻過身伏在桌上抽泣，我不想要他再勒我一次，鞋也不穿就逃出來了。」

如珍從鏡中走出來，跌回那把椅子，用輕得不能再輕的聲音說：「我失去他了，想不到是這樣結束。」

祥浩想到阿良在舞會裡那如鬼般的神情，她宛如給刺了一刀似的，為他感到傷痛，如珍手上無繩，可她也許是那真正的劊子手，祥浩再次托起她的肩膀，輕聲說：「妳該跟阿良道歉，大家好聚好散。」

「道歉？他勒我是蓄意謀殺，分手的方式很多種，還不至於用謀殺的方式吧！如果他有這種潛藏的謀殺性格，我還真慶幸早日脫離虎口。」她略為平靜後，眼睛一亮，從她的傷痛看到了光明，「炮口，我要去找炮口，我要讓他看這道勒痕，讓他知道我和阿良已經完了。」她整了整凌亂的衣服，又梳了頭髮，脫掉那隻殘破的絲襪，換上便鞋要出門。突然認真的看著祥浩說：「如果妳不嫌晚，可以跟我一道去嗎？我想我這時候有人陪著還是比較好。」

「我怎能不從命？」不管如珍對錯，祥浩陪她去，如珍那顆追求真愛的心常使她變成一個天真可愛的天使，祥浩樂於為如珍壯膽，可是她和如珍一樣，無法預測她們即將面臨的是殘酷的事實。

他們直上炮口住的公寓，這裡如珍來去慣了，三步兩步跨上了樓。由於夜深，每間寢室都緊閉著門，但木板門毫無隔音效果，走道上隱約傳出某間寢室收聽美語教學節目的收音機聲音。她很快來到炮口住的那一間，門縫底下透出光亮，炮口還沒睡，如珍提起手來要敲門，卻警覺到木板門內呻吟的聲音浪般的一陣一陣席捲，似強還弱，祥浩也聽到那充滿情慾宣洩的聲音。她們站在那裡，像作賊的人闖錯了門號彼此以眼神詢問該怎麼辦。如珍沒有猶豫太久，她輕輕轉動門把，發現竟然沒鎖，她推開一絲門縫，把眼睛湊近那條縫，突然身子僵直，她轉回臉時，雙頰緋紅，鼻翼鼓動著混亂的呼吸，她讓開門，示意祥浩去看。祥浩一靠近門，即見兩具赤條條的人形在地毯上糾成一團，一張粉白的臀部朝空弓起，那個在另一個身體之上的人用他的臉去摩擦仰躺者的腹肌，仰躺者閉著眼睛，臉上每一條肌肉隨著他的呻吟而痙攣，即使是張變形的臉，她也認出是小臣，炮口的臉從小臣的腹肌往下移，帶動小臣的呻吟急促如要窒息。

兩個女生走下樓，她們覺得腳底踩不到階面，可是她們來到夜的清風裡了。如珍在笑，笑聲好像鬼魅在呻吟。到第二天，兩人在近中午斜射的豔麗陽光下睜開眼睛，如珍第一句話說：「最壞的事讓我在同一天碰上了。」

16

送走了畢業生就是在校生趕著學期末考試的時候了。阿良離開學校，按他原定的計畫先服兵役再出國繼續讀書。他去祥浩演唱的餐廳聽她唱歌，等她演唱時間結束，他請她喝了一杯果汁。他臉上的平和冷靜好像世界不會再有爭紛，跟她提起出國的計畫，他說讀四年書還算滿愉快，可是想不到畢業前夕他險些殺了自己心愛的人。他喝下杯底最後一口果汁時，希望祥浩關照如珍，他仍然愛她，可是不再去找她了，他要祥浩轉告如珍，謝謝她沒有追究他那晚的失態。

那天後，阿良走出了她們的生活，就像許多校園裡的同學，離開了那塊年輕的地方，就如煙般飄散，再也沒有聚首。

如珍沉默不說話，每天抱著書本去圖書館，到閉館才回來，往往祥浩家教或演唱回來時，她已沉沉睡去。異於平日的作息，成了一種病態。她們都相信，炮口邀如珍跳舞是為了激怒小臣，等小臣吃醋了，兩人因刺激而更加纏綿悱惻。

期末考後，同樓的室友紛紛收拾行囊回家去，祥浩早已打定主意不回南部，繼續留在餐廳唱歌。如珍沒有行動，她比祥浩先考完最後一堂課，中午仍舊去餐廳打工，其餘時間不是躺在床上看小說，就是無所事事，一句話也不講，遊魂似的在樓層間走來走去。

校園的學生都走得差不多了，附近餐廳紛紛暫停營業，祥浩停了家教，收拾好自己的東西準備去住在祥春那裡，方便跑餐廳。她問如珍：「我知道妳不想回家，要不要和我去住我大哥那裡，他們有位木工去服兵役，剛好空出一個房間，我們可以做伴。」

如珍二話不說，馬上拎起一袋行李和她一起離開小鎮。

那個暑假，她們跑碼頭般的在溽熱濕悶的街道與街道，巷弄與巷弄間流轉人生。

如珍在鬧區的一家服飾行找到當店員的工作，她謊稱自己是高中畢業，使那個不願雇用大專暑期生的老闆輕易相信她因學歷不足無法找到合適的工作，做個店員靠業績抽成還頂符合時間成本。

祥浩除了在原來的「木棉」增加了一節演唱時間外，還帶著她的吉他，透過同餐廳友人的介紹，在另外一家民歌餐廳找到演唱的工作。繁華的西區，新舊樓宇層疊交錯的街道，行業雜陳的招牌沿著樓層一直爬上去，陽光與月光在樓層與招牌間徘徊隱沒，常把街道圍成一片參差不齊的陰影。祥浩每週兩天，匆匆的帶著她的吉他來去，她恆常是伴著月光來的，把演唱時間排在晚上，開學後可以繼續唱下去。這家稱為「星坊」的餐廳，因離火車站近，來往的顧客就像來自各方的旅客，帶著不同的文化色彩，有的衣著打扮像星星一樣閃耀，有的清純簡單像剛上大學的學生，有的是回到初戀感覺的中年情侶，更有人落寞坐在角落裡安靜聆聽歌聲，這裡是個小小的城市縮影，屬於繁華文明的那一面。

老闆偶爾在她演唱的時間出現，包覆在挺拔體格外的，永遠是時尚雜誌上最新款的男士服飾，不管是正式的裝扮或休閒的衣著，在這個年近四十的男人身上，都散發了說話的魅力，與所有相逢的眼光做愉悅的溝通。傳言他用他父親的錢，「星坊」只是他用來打造飲食文化外衣的一個據點，他在餐廳裡不定時出沒，每次出沒都引起員工的矚目與騷動，大家在賣力表現工作的幹勁外，不時注意老闆那一身時尚風流的裝扮，和他明星架式般的談吐。

祥浩來應徵演唱時，並未見到老闆，那時由餐廳總經理決定任用。等她唱了幾次後，第一次看到老闆時，她正在演唱，老闆從入口的迴旋梯走進來，滑亮的皮鞋光澤和天花板的燈光相輝映，把他整個人都照亮了。他站定在樓梯的上層，雙手抄後聆聽她的歌聲，眼光流露幾許好奇和驚訝，他伸長頸項微抬起頭，有一種自我陶醉，自命風流的態勢。祥浩憑直覺猜測到他就是員工口中的老闆，但她無視於那個站定睥睨一切，又有幾分自我陶醉的表情，她優游在歌唱裡，每次她演唱，內心隨歌聲流動，既充滿感情的宣洩，又可無視於外在一切事物，使她在一冷一熱間啜飲感情之幽微，成為一種雖公開卻私密的樂趣。

那天，她演唱結束，老闆走過來，她聞到他身上清新的古龍水味道，好像雜誌上又賣服飾又賣香水的廣告明星，他用他略微浮躁的聲音讚美她的歌藝。祥浩抱著吉他站起來，和他握了手就向那道迴旋梯走了出去。她的不善於應對，使那個明星般的老闆揚起了眉宇，站到玻璃窗前看著她提吉他在鬧街中穿過人群的身影。她一直保有這個工作，即使她覺得那天對待老闆的冷淡足可讓他辭了她，可是她仍在唱，她相信是歌藝屈服了老闆。

兩份演唱工作帶給她真正的經濟優渥，她打扮自己，像來餐廳用餐的某些氣質高雅，打扮具有特色的小姐，她學她們看時尚流行雜誌，從各種名牌特色找出自己的風格學習造型。她覺得祥春的眼光老是從某個角落注視著她，看著她的一切改變，他像拿著父母親給他的記分簿隨時給她打分數，以防她過分悖離常道。

她知道在父親眼中，在民歌餐廳演唱跟在聲色場所同義，他擔心女兒的面貌給那些吃飯的少爺小姐品頭論足。父親專程北上坐在正對著演唱台的位置聆聽她唱歌，她用激昂的歌聲抑制淚腺的蠢動，用濕熱的眼瞳凝視父親費力笨拙的拿著刀叉怎麼也無法把大塊的牛肉切下來，刀子一滑，蘑菇醬飛濺到襯衫上，他拿起紙巾把那醬汁擦得更加紊亂，然後將紙巾與刀叉丟在一旁，慢慢喝著服務生不斷加到他玻璃杯裡的水。

夜裡，她聽到父親在祥春的房間謾罵祥春讓妹妹唱歌打工，如果出了什麼事，非要把他打死不可。

父親的盛怒無能阻擋她走唱的決心，她問父親：「我唱得難聽嗎？」

「妳若是查甫仔，跑一百間餐廳我也不管妳，妳生作查某仔，尚驚妳給欺辱！」

「我不是軟者。」

「社會黑暗暗，妳一個囝仔人知不透。」

在父親關懷的眼中，她再次成為童稚的化身，他極力保護她。可是她過了二十歲生日了，她要自己做主。她坐在客廳裡唱給父親聽，藉歌聲打動他。父親翕動著眉毛數著祥春交給他的鈔票，數到最後一張，抬起眼來，說：「我少年時怎沒想到去走唱？」父親把那疊錢塞給她，「去買好吃的，不要趕那麼多場。」

她把那些錢推了回去。現在，她獨立自主了。

父親走後的夜晚，如珍和祥浩躺在一張床上，如珍問祥浩：「妳爸爸對妳那麼好，對祥春怎麼那麼凶？」

「他隨他的心情對待我們，寒假的時候，他摑了我一巴掌。」

如珍嘆息。

祥浩問她：「妳爸爸對妳好嗎？」

「他罵我的方式，好像我從來沒受過教育。」

兩人在漆黑中展開的笑容無聲而短暫。

然後，溽熱的夜裡，一陣低低的抽泣，在祥浩的身邊遊魂般的忽近忽遠。如珍的身子不斷顫動，她翻了身，將臉埋進枕頭裡，壓抑那哭聲。祥浩側過身子抱著她的肩膀，隔壁祥春房裡有走動的聲響，那聲響到了門邊又折回去。

如珍的淚水決堤，將那多日來用沉默壓抑的感情一次傾洩完似的，在天亮之前，枕上已涕淚模糊，她在這一片模糊中睡去，像多日來廝殺戰場的士兵用一次睡眠補足爭戰中流失的精力。晨陽透射在她面頰，面頰逐漸掠上了一層紅潤的顏色，像新生兒初見了陽光。

早晨，他們在廚房裡用餐，那個形同廢墟般的廚房，在祥浩和如珍洗刷整理後，每天總有陽光把廚房照亮，每個早晨飄著烤土司與咖啡的香味，祥春與她們對坐談天，或者匆匆喝了一杯咖啡，啃兩片土司就去工作了。逢上農曆七月，凡有土木裝潢等工作，都暫時停歇下來，這一個月，成了祥春的假期。除了早晨與她們共餐的這段時間外，他多半把自己關在房裡。如珍一早出門到夜晚才回來，祥浩有較多的時間和祥春相處。祥春沉靜的臉上透著深層的思慮，他坐在他房裡的書堆度過青春歲月。祥浩不願驚擾他的讀書情緒，常常自己一個人到樓下聽錄音帶練歌，但樓上那個關在門後沉靜的讀書身影，總是牽動著她心裡一縷掛慮，她常常走到他的門邊，期望門已開了一條縫，可以讓她看到他的身影而得到安穩的安慰，但祥春的門不開，她擔心他逐日走向封閉的世界。可是這天早上，他們在廚房用餐，祥春的臉上閃爍出來的光彩比陽光還強烈的撼動了她的心，她看到祥春注視著如珍因夜裡哭泣而發腫的眼眶，祥春替如珍遞咖啡杯，將如珍喜愛的鑲花小匙擺在咖啡杯旁，把一壺溫熱的咖啡往那咖啡杯倒入，如珍將烤好的土司托在盤上送到祥春面前，他們的動作流暢自然，好像日復一日已做了這些事，他們兩人在晨陽中交換了一個令晨陽為之黯淡的眼神。祥浩掩不住驚訝，不由自主的站了起來，端著自己的杯子往客廳去，想把那一片空間留給他們，卻又難以揣測兩人的可能後果。如珍是用淚洗過心靈的，而祥春純淨如一口甘美的井。

過後幾天，如珍一貫沉默與早出晚歸，祥浩亦不過問。母親來電話，說故鄉舉行百年一次的醮會，鄉人很隆重的準備這場醮會，籌辦處廣邀離鄉的鄉民回鄉參與盛況，母親問，你們回來嗎？期待而焦慮的聲音從聽筒裡傳遞出來。那是無可拒絕的聲音，在安靜的空間裡等待善意的回應。母親已經多年不曾回故鄉了，為什麼這次非回去不可。母親說，因為做醮，因為對成長的土地的想念，做醮是聯繫土地與民俗人情的一項活動，好像在替她的成長尋找軌跡，她想去看看故鄉的面貌。她說，如果家人都沒空去，她將自己回去。

醮會那兩天祥浩不必駐唱，祥春也在休息中，為了母親的念舊，為了給母親一絲安慰，兄妹兩人答應直接從台北回故鄉。

這麼多年來，在他們幾乎因城市忙碌的生活和急於成長，而忽略了幼年和泥長大的地方時，因醮會所牽引的土地民情的想像，他們又要踏上那塊海風鹹鹹、陽光烈烈的鹹土地了。

17

鹽田上的白鷺鷥成群低掠過田溝，疏疏散散停棲在水中，與水中倒影拉成一條柔長的白色身影，羽毛在暮色下泛起一層麥金色光澤。在鹽田阡陌間，水影粼粼，車子滑過鄉間小路，塵土落入阡陌，輕覆在倒映車子晃影的水波上，水波盪漾。原極安靜的景觀，因離鄉人回鄉而有了異樣的騷動。祥浩和祥春坐在客運車裡，眼光一直在車窗外的天地間流轉，在阡陌的盡處，一條新開的公路分隔了阡陌，延伸下去，野草漫生，公路另一頭的阡陌似成荒田。

他們同時看著那些漫生的野草。祥春說：「那是以前的水壩，現在改公路了，公路那邊沒有鹽田，那片荒地再下去就是海岸了。」

「你怎麼知道？」祥浩想，公路新開以來，他們未曾返鄉，祥春卻說得彷彿在這裡住了一些時，看著那條公路修築起來。

「我以前常在那水壩釣魚。有時沿著壩堤走到海岸，那時岸邊都是坑坑水水，走起來很危險，哪像現在變成一塊地了。」

位於村子最前頭的一排校舍，從車子越過舊時載鹽板車的軌道後，就像從海平線浮上來似的，和旁邊流經的河道一起呈現眼前。遠離內陸，伸向海埔新生地，屬於海角一隅的小村落，籠罩在海邊麥金色的夕日下，輕輕一陣海風，將村落吹向夜晚的謐靜幽黑。村裡正要舉行百年來難得一見的清醮普度活動，華麗的裝飾已經掩蓋了它淳樸的外貌，村人極盡奢華布置他們從大陸移民遷村以來的最大醮會。

醮會主祭壇的壇塔，由校舍後面的廟宇廣場高高伸向蒼穹，在校舍上方露出了壇塔上用以象徵航海平安的順風旗，旗上縟麗的紅線織繡在黃底錦布上隨風飄揚出醮會熱鬧的色彩。

原該開進廟口的車子停在校舍前，因為廟前早已盤據醮會排場，他們下了車走向廟口，看見那排場不禁啞然無聲。定格化的長桌一張張銜接，貫穿村中主要街道，一直延伸到村尾新公路邊緣，桌上鋪滿紅綢，起首的那張桌擺了一個竹編的龍首，向天仰起數尺，龍身綿長起伏如波，龍尾指向村尾，群眾圍攏在這貫穿全村的龍身旁，看著幾名編鏤師傅將桌旁成簍的魚翅魚乾一片片鑲進竹編的龍架上，裝飾出龍相。小型的順風旗和普度符語四處插揚。

他們從編織魚翅龍的排場走下去，迎面是故鄉人，相逢不相識，許多在兒時熟稔的長輩因時日相隔，彼此照面的眼神變成陌生的問號，他們不確定那長輩的稱呼，長輩也不確定他們是哪家的孩子。在熱鬧的醮典裡，許多離鄉的孩子一時之間湧回來，長留在鄉的長輩連相認亦不及，但覺熱鬧充據了日子，每天感染那沉寂許久之後的熱鬧，便已無暇多顧了。

祥浩和大哥跨進老家狹窄的後門門扉，爐前裊繞的香火味和兒時在這大廳聞慣的味道一樣，那是對神明對祖先崇敬的一種味道，在這味道裡，時光倒回去了，兩人卸下了城市裡緊張的容顏，換上一張詳靜的面貌，向那庭院裡聚集的人群走去。

所有稱得上親戚關係的人都聚在小小的庭院裡聊天，早年即已離鄉的親友重聚，小輩已生疏，有多人祥浩不識，但見那被眾人包圍著的外公，她感到特別愉快，這個家族以外公為中心，持續著家族關係，即使族人已散居在島國的各角落，被城市文明同化，但對家鄉的一點眷念，對生根之地的感恩，對長者的懷念之意，使大家又聚合在一起，在這小小的庭院分辨彼此的身分。

她從牆角搬來一把板凳，坐在外公身旁僅剩的一點空隙，外公正講到這次醮典的緣故。原來從大陸遷村來台時，村人落地他鄉，在落寞艱難的時日，特別從家鄉請來地方佑民神祇數尊，渡海而來，以佑新地平安，海事寧靖。早年地貧人窮，皆以小普度酬神，現在村中稍富，村人感念幾尊王爺的神澤，決定酬謝一番，因請神問筊，敲定農曆八月中旬舉行清醮活動，一方面既是對百年來海村安定的酬謝，一方面也是村中財力的展示。

祥浩只記得，那座廟宇是全村民精神所繫，無論去任何外地，出入村都慣例到廟裡膜拜，祈求平安，今日方知，那是先民渡海延請的原鄉神祇，象徵移民對原鄉的思念。當初渡祂們而來的先民雖已凋零，後輩子孫飲水思源，在經濟富裕後，不忘隆重醮謝一番。

「我們的村民子孫到外地發展，成功了都嘸忘本，這次排場，大家比氣派。」外公頗有感慨。「百年來這一次，不能怪大家浪費，我吃到這歲，看見年輕人肯為村裡出錢提聲勢，也算很安慰。」

「那條魚翅龍村頭排到村尾，誰人這麼氣魄，拿得出這款錢？」有位已然疏遠得難以辨認身分的親戚問。

「是光敏伯伊後生，去都市發達了，整條龍攏伊出錢，說是感謝村子的養育恩。」

外公仍和眾人談論，祥浩但見母親不知何時站在灶間口聆聽。母親倚在門邊狀極寧靜，是這個村落，這個老宅，讓她安靜的面容像一朵蘊麗的晚霞吧！祥浩走向母親。她有半年不曾見到母親了，她抓著母親的手臂，想說什麼歉意的話，說出口的卻是：「那條龍好氣派，誰出得了這種大手筆。」

母親的視線從她的臉移到不遠處的河岸，像晚霞要在河岸之上的那片蒼穹尋找一個適切的位置，持穩之色如夕暉無懼於黑幕。母親轉身進灶間為她端碗麵擺在桌上。祥春已在那裡，像才和母親聊了天，外頭的紛紛擾擾，即使熱鬧如百年難得一見的廟會清醮也與他無關。那麼他為什麼回到這村落？祥浩坐在祥春面前，問：「不想去岸上看看嗎？」

「我要去廟裡繞繞，妳要到河岸就先去吧！」

母親到院裡和親友招呼時，祥浩把那碗麵吃盡，回到庭院裡，院裡聚集了更多的親友，有的是聞言母親回來，過來打招呼，這是屬於母親的故鄉，母親生長的人情世故都在這裡。

父親沒有來，他老是覺得自己病著，人多的地方不適合他，祥雲已開學了。在這場醮會的親友相聚裡，她聽到親友不斷的向母親詢問父親的那場車禍及其後的影響。母親只是一式淡淡的說，總算平安度過。父親原是透過母親，與這村落與鄉人建立起關係。

祥浩悄悄沿屋牆走過，她與這片土地與這群人的關係只維繫在風光水月的印象，何曾在這片鄉情裡有過人生起伏。她走向河岸，走向那片童年印象的渺渺水域。

岸上水光晃漾，已擴充為車道的河岸有幾戶蚵棚沿岸伸向水域，蚵棚人家在棚架旁臨時搭起竹桿向棚頂攀越，桿頂結上順風旗，在夕暉中臨風起舞，所有順風旗向逆河的方向飄揚。幾艘竹筏靠岸停泊，連成一排，築起岸與河的分界。祥浩從岸上的臺階走下來，跳上其中一艘畫著舅家標誌的竹筏，她的跳躍使水波浮晃竹筏，她坐在筏中壘起的木箱，望著河與岸，想著這鄉村景致和城市的擁擠緊張多麼不同，在台北的餐廳唱歌，為生活奔波的意味太濃，在這一片好風好水唱歌，全然是環境帶來的境界。她不禁迎風而歌。岸上有駐足人，或三五聊天，或步行而過。在她望著出海口唱歌時，一個瘦高的人影來到岸邊，停在她的竹筏邊聽她唱了一會，她注意到那人影而轉過頭看他，這情景恍若相識。

他看起來約莫五十歲上下，穿著淺藍色襯衫和深藍色長褲，那是水的顏色，但鄉人不會像他那樣穿筆挺的襯衫還繫上領帶，不知是哪個離鄉的人回來做客了。她想轉移視線，卻在和他四目相逢的剎那，感到他有一股令人難以抗拒的魅力，像河上溫暾的、從黑幕裡升上來的初陽，他堅穩的眼光緊抓著她，讓她難以逃逸的接受了他的要求。他居高臨下的問她可以下來和她一起嗎？他在說話的同時，已經跳到她的竹筏。他站在她面前，問她，妳是明月的女兒嗎？

因為這一句問話，她的記憶在頃刻間如拂過的風一樣喚醒了沉睡已久的面容，這個人她記得了，這幕似曾相識的情景確曾發生過，在她還是小女孩時，這個人曾經這樣問過她，曾經在船上問她父母親的去向，這張略帶倔強，又深懷疑問的臉，使她感到不安，這個人她該叫大方伯。記憶往往帶著連鎖效應，他應是大家口中光敏伯的兒子，那個出鉅資建構魚翅龍的資本家。

她說是。

他說，我猜得一點也沒錯。

祥浩不知道為什麼這個人看著她的眼神莫測高深得像那向外海直流而去的河水，緩緩的，泌出溫暖的光。

他和她並肩而坐，問她的學校，問她的生活，好像很早以前他們就認識了。他說，我認得妳母親很久了，從小一起在這村子長大。

她說，是，我母親最愛她的故鄉人，她回來了，親友一直繞在她身邊。

她注意到她說母親時，他的眼光一直閃爍，他望向海口，莫測高深的眼。

她記起她很小時他們也曾坐在這裡，他吹口琴。

她問他，還吹口琴嗎？

大方伯有點驚訝，嘴角的微笑倒映在水中，水波晃漾，他們彼此相望。

他說他不吹了，但一直有一把口琴。

她說，我有一把，媽給我的，我學會了，吹給她聽。

大方伯聽到這句話，站了起來，嚴肅的在額上推出幾縷皺紋。他以魚翅龍為排場的闊氣雖有幾分粗俗銅臭，但這個人的氣質誠懇殷實，有錢不是件壞事，他的錢讓村子清醮的氣氛更濃烈。祥浩覺到這個人因為不在乎錢，所以並不是用魚翅龍來炫耀他的財力。

你為什麼要貢獻那條龍？

他兩隻手插入褲袋，望著海面，說以前是討海人，轉行賺了錢後念念不忘討海的日子，這次海口小村做醮，籌備會希望大肆熱鬧一番，他就以海產做回饋，其實是為了想念海上生活的日子。

祥浩想，這真是多情的人，在發達之後未忘窮苦之時，還以繁華錦麗回饋舊時懷念。

他說，他不住在村子裡，他住在小鎮的旅館，但今晚要去當村長的客人，在那裡用餐。

他告訴她這些時，眼睛一直注視著她的臉，眉毛，眼睛，鼻子，嘴唇，他肆無忌憚的眼光不但沒有令她不悅，反讓她對他產生極大的好奇，這人懷有什麼讓人難以理解的心思，她看到他眼裡傳透出來的問號。

她和這個問號一起從木筏走上岸，她陪他往村長家的方向去，在接近廟口的地方，她看見祥春在岸上徘徊，看見他們走來，祥春下岸折回廟口。祥浩和大方伯並肩走來，她的注意力都在大方伯這裡，祥春走下岸的身影只如一隻橫空掠過的白鷺鷥身影。大方伯談昔日河川上尚有捕魚船隻，今時捕魚業沒落，河道也因擴岸爭地而變窄，除了那疏疏落落還養著蚵的蚵棚外，村人都往工廠去了，鹽田也廢了工，海口漁村不再有靠海為生的真正面貌了。

她和他來到村長家門口，村長家的賓客將他當上賓趨前招呼，祥浩轉了身，在喧喧嚷嚷的招呼聲中隱沒。她走向廟口，去尋找剛才那如白鷺鷥掠過的身影。

祥春在廟前看師傅編織龍首，祥浩走來，祥春問：「妳看見他了？」

「誰？」祥浩方問出口就意會了祥春的意思，因而問：「你是說出資做魚翅龍的人？」她讀祥春的表情，小心翼翼揣測他的心思，說，「這些排場雖然有點浪費，但那個人看起來不像是擺闊的人，應是對村子的感情！你也應該認得他吧？我剛才在岸上就認出小時候見過他。」

祥春沒有回答，他沿著龍身若有所思往下走，祥浩跟上來，她習慣了大哥的沉默，他的沉默總像是有許多未盡的語言，讓她一直期待著，就像這樣一路跟下去，她以為可以得到沉默背後不斷延伸的結果，不管這個結果在多短或多長的時間內得到，隨形其後就一直有個希望存在。到了龍尾，祥春回過身來，正視著她，像盤算了很久才肯說出這樣一句話：「妳原來可以很隨心所欲過日子，可是清苦一點的日子是種很好的人生考驗是不是？」

祥浩但覺來到村裡，祥春神色有幾分恍惚，因笑他：「人說近鄉情怯，但也還不至於胡言亂語，你想到了什麼，怎麼說起話來這麼沒頭沒腦。」

祥春抿嘴一笑，只說：「這條龍恐怕得編到三更半夜呢！」

果然那晚，編龍的人通宵達旦，趕在清晨王爺出巡的活動前，將一條貫穿全村，作勢乘風而起的巨龍編織得騰躍生風。許多村人連夜觀看編織功夫，整個夜晚的話題就繞在那條龍和出資的人身上。祥浩深夜後爬上床，從小窗戶望向編龍的街頭，路燈熒熒，龍旁臨時立起的燈柱光燦燦的投射在龍身上，這條龍真像是突然盤據到村落裡的外客，這村子的夜從來沒有這麼燦爛過。其時已將月圓，祥浩抬頭望月，月的清輝在村舍瓦簷上與路燈爭相映。母親躺在身邊望著低矮的天花板梁木，祥浩挨近身子，告訴母親，她不習慣村裡這麼亮。

那是讓人失眠的亮。母親說。

祥浩注意看母親的臉，因為那聲音平靜中竟有幾分哀愁。

她問母親，以前妳們姐妹住在這間房，也常從這小窗戶看街上嗎？

我們那當時，入了暝，街上就沒人了，只能看月光，想心事。母親說。

妳那時常想心事？祥浩注視母親略顯疲憊的臉，及臉上一絲迷茫的神色。

艱苦人有艱苦人的心事，都過去了。母親說。然後翻身，背對著那扇窗，把窗外的光亮留給喧譁。

祥浩在窗外人們的交談聲中睡去，次日醒來，全村已鑼鼓喧天。身旁的母親早已離床，幫著舅母招呼一屋子親友。

這是清醮正日，三頂王轎沿河出巡，鑼鼓從村首廟口沿著海岸線漸漸拉遠，祥浩拿起相機準備尾隨王轎之後。她來到院子，院子已空，原來人群早已聚到岸上了。

她來到岸上，捻香的人逶迤河岸，在村子盡頭處，一條新開的公路與岸並行去遠，岸已狹窄，人們轉下公路，沿海而行。祥浩向人群靠攏，河在左岸緩緩流動，震動的鑼鼓使它的緩慢變得莊嚴肅穆，天地自然，原有其莊重的一面，人們因其莊重而信任落居。這個村落的人靠著這河生存了幾代人，河流緩緩，靜看了多少人的故事，而人是那麼卑微的做著生死交替，生存的脆弱因敬天畏神的膜拜而得到莊重感、得到安穩生存的力量。祥浩始見這莊嚴，方知人與自然之間存在著極大的均衡力量，村落的這片自然風景好像在她心裡生出一股力量，飽滿了生存的勇氣。

她快步往隊伍前方的神轎而去，想要到那裡獵取鏡頭，穿過一堵堵持香的人牆，手臂卻給誰用勁抓了起來，扭頭一看，是祥春，他手上也持著香，頭上戴了一頂醮會特地製作的白色紀念帽，帽緣吉紅的印上這座廟宇的全名，身上還披著一條紅色法帶，書寫醮會時地，他的這身打扮令她訝異，她何曾見過祥春與宗教信仰聯繫，卻是這樣一身裝扮，使他像個虔誠的信徒。祥春仍拉著她的手，說：「別去前面，鞭炮會傷人。」

祥浩舉起相機，從所在的位置調了放大焦距去拍神轎，鏡頭游移，從蒼亮的天空移到神轎金碧流黃的轎頂，再移到轎身，幾名抬轎人刻意踩著亂步，轎身在空中舞動，彷若神姿飛揚，她攝下幾張姿態，鏡頭在紛擾的人聲神音中游動，突然她在鏡頭裡看見了大方伯。他在隊伍的最前端，臉色寧靜，注視著抬轎人的動作，雙眼充滿了崇敬，那份崇敬凝出認真的神采，那表情似曾相識，好像是記憶裡早已存在的一個印象，她忍不住按下快門，又在鏡頭裡窺視了許久，另一張臉在鏡頭裡出現了，那是母親在風中歙動的髮絲和對神膜拜的虔誠面孔。乍然爆響的鞭炮使那張面孔驚慌，祥浩縮短鏡頭成廣角，寬廣的視角裡，大方伯低下頭來看母親手背，一片鞭炮屑剛從那手背跳飛開來。母親抬頭迎向那張注視著她的臉，兩張臉在紛飛的鞭炮屑和喧鬧聲中，詳靜如晨曦初綻雲層，她按下快門，留住了那份詳靜，鼓樂沸騰，很快淹沒了詳靜，人群的移動，沖散了兩人，她的鏡頭裡是神轎昂揚誇耀的色彩。

她穿越人群走到母親身旁，母親說，除了小時漁船出入海，不再有這麼多人聚到岸上來了。她覺得身旁有一對眼睛一直注意著她，那是大方伯的，那對好像承載著許多語言的眼睛。

繞境隊伍在公路近海、鹽田盡處折回。隊伍回到廟前醮壇，整個村子的通路上全鋪著祭拜的席子，食物擺得滿坑滿谷，陽光照射的這個小村落化了重彩般，鮮豔奪目。乩童在陽光下跳躍，手執雙劍刺背。祥浩不忍看那淋漓的鮮血爬滿乩童背脊，正打算回家裡小憩，大方伯不知何時悄悄跟她上了岸，突然和她並肩走來，叫喚她，極其溫和的聲音說，昨天聽妳說在餐廳演唱打工，哪一家，我可以哪天去聽嗎？

祥浩毫不猶豫的在他的記事本上寫下她駐唱餐廳的地址，大方伯注視著她留下的那幾行字跡，唇角有一抹微笑。她也望著他笑，心想，這個人為何有一股令人難以抗拒的力量，她的腦海裡一直浮起小時候在竹筏上與他相遇的片刻，原來他已經存在她的記憶裡十幾年了。

大方伯陪她走完那段到家的河岸時，村人也紛紛回家，鑼鼓聲早已歇止，河岸上的旗幟仍自飄揚，大家得了神明的庇護，擷取了平安的心念各自回到日常軌道生活著。她與他揮手，她幾乎是跳下岸，以為身後的那個影子一直在注視她，注視著她的每一個步伐每一個姿態，直到她回到家。

18

那天從南部回來，夜已深沉，她和祥春從火車站攔了計程車回家，深夜的台北像一支戛然停止的搖滾樂，所有的塵囂與紛亂浮動的人群都隱沒在夜的溫柔裡，車子滑過一座一座的紅綠燈，過於安靜與通行無阻，使城市的夜晚像演員褪盡殘妝散去後的空寂舞台。白天，他們都是舞台上賣力演出的戲子，為了各種情境，換上不同的面具與服裝和其他人做生存鏈的必要交際，夜晚則回到自己的角落，和夜晚對峙，赤裸裸對待自己，赤裸裸讓黑暗包圍。

大地也赤裸，感情也赤裸。在巷口，他們看見如珍和炮口站在門前道別，塵囂隱沒的深夜。如珍抓著炮口的手臂不放，炮口緩緩將如珍的手臂解開，他低著頭坐上停在一邊的摩托車，像趕赴一場決鬥似的將油門踩到底，竄出夜的靜默，在巷裡留下一溜煙。留下如珍與他們默默相對。

沉黑的夜色將他們包圍，如珍背光站在門前，臉色陰暗不明，祥浩注意到祥春將如珍從頭到腳審視了一番，他在看她的服裝，和她那張似乎喘不過氣來的蒼白尷尬的臉。祥春經過如珍身旁，逕自入門上了二樓，無視如珍輕輕跟他說了一聲嗨。

「為什麼炮口這麼晚了，還跟妳在這裡？」明知道這是不禮貌的詢問，祥浩將如珍攔進門後，仍不得不問，並且加重語氣說明：「這是祥春的住所。」

在客廳明亮的照明下，她看清楚了如珍臉上的蒼白與疲憊，如珍嬌小的身子陷在椅子裡，眼眶腫脹，眼白血絲滿布，那是一張剛痛哭過的眼。無言無語，滅絕的、失去神采的渙散眼神。

祥浩挨坐過去，問：「炮口欺侮妳？」

「『春蠶到死絲方盡，蠟炬成灰淚始乾』，我是那隻還在做夢的春蠶，在生之華年用盡力氣吐絲。我要證明炮口是不是雙性戀，是不是在愛著小臣的同時也愛著我，我知道在開學前他一定回學校了，打電話約他出來，他答應了，從淡水大老遠騎著摩托車來，我相信他可以愛我，我相信。在這個客廳裡，他問我找他來做什麼時，我不能忍受這段日子壓抑的感情和疑問，我要求他抱我，要求他可不可以做一名異性戀者，他竟暴跳如雷，怪我干涉他的隱私，他說，當個義氣的朋友，他可以赴湯蹈火，要他擁抱一名女子，簡直褻瀆他。」

「妳是不是瘋了，明知他是同性戀，還要找他當伴侶！」

「如果他能接受異性戀，也許，也許，有一天，他不再迷戀同性關係了。」

「真是情癡，原來妳這個暑假的安靜只是在伺機而發，心仍不死。」

「我要證明他到底對我什麼意思，剛才我想執他的手，他把我推開，那一刻我覺得我在自取其辱，我以為對我友善的男生一定是愛著我的，原來是自己一相情願會錯意，他不過把我當一個可以嬉鬧的女同學罷了，而我趁妳和祥春不在的時候把人找了來，萬一出了事，對祥春不好交代，我好像在利用你們的善良逞個人自私的欲望，妳罵我好了，妳也可以今晚就把我趕出去。」

「我不是要責怪妳把人帶來，妳住在這裡，我當然要關心……」

如珍好像不在乎她說什麼，拖著疲累的身子站起來往廚房去，摸黑打開櫥櫃，祥浩正扳動燈光開關，那裡一聲玻璃杯敲擊碎裂的聲音，日光燈閃爍，祥浩衝向手執碎杯正要往手腕劃去的如珍，她將如珍的手揮開，那隻只剩一大斜口銳利鋒芒的閃亮杯子已經劃向了如珍左手掌近尾指處，鮮血沿杯口滑下，透明的杯身，滴血的愛情。祥浩握住那手掌，血也染紅了她的手，面對無聲的如珍，她嘶喊：「妳為什麼又戕害自己？」一手搶下了那隻杯子，扔到水槽裡，如珍的臉部肌肉因忍痛而扭曲，風乾的淚痕，又使那張臉平靜異常。如珍說：「放開，不要管我。」

「妳得上醫院。」

祥春從樓上衝了下來，看見兩人捧著一隻血手，他迅速打了一通叫車的電話。兄妹兩人取來紗布紮緊手掌止血，一條橫切尾指下端的深刻傷痕透出牙白的肉肌，尾指彎曲不動，其他四根手指輕輕顫動，彷彿呼吸著。傷口湧出的鮮血浸透紗布，祥春在傷口覆上紗布，用大拇指壓住。計程車的喇叭聲在門外響起，祥春將如珍扶上車，祥浩尾隨而上，她看見祥春那壓住傷口的拇指深深陷入了如珍的手掌裡。

在附近醫院的急診室，如珍一句話也不說，醫生將她切入掌緣二分之一深的傷口縫合時，他們都發現，那隻彎曲的尾指再也無法拉直了。迷失的神經，迷失的愛情。如珍在吟誦春蠶到死絲方盡時，已為自己的愛情做了承諾和承擔，她付出代價，但也使祥浩和她一起承擔了這個代價。祥浩坐在急診室冷硬的塑製椅上，心想著，如果她不揮開如珍的手，那片銳利的玻璃碎口該是落在哪裡呢？不會造成她尾指神經的斷裂吧？看見如珍面無表情對待那隻僵屈的尾指，她心如刀割。祥春在如珍聽不到的地方，趨近她的耳邊嚴肅的問：「妳為什麼沒在她受傷時就緊壓住她的傷口？」祥浩頓時覺得如珍那隻尾指的命運與她密不可分了，這個如珍所需承受的終身遺憾，過渡給她，也將伴隨她一生。

到了凌晨時刻，他們回到家中了，如珍一直不肯睡覺，一張蒼白的臉如槁木死灰，祥浩寸步不離。到陽光烈烈射窗而入，疲倦的如珍閉上雙眼，祥浩問：「說原諒已太遲了嗎？」

「原諒什麼？」

「我若不揮手，妳不會傷到神經的。」

「有你們在，我會一直活得很平安。是不是？」如珍如釋重負般的把身子沉到被單下，她真正的閉上眼睛，在陽光的溫熱裡睡去。「就當是贖罪。」在睡去之前，在風乾的淚痕下，她沒有目的的，不企求回應的，輕輕說出了這句話。

祥浩拿起吉他，來到客廳，祥春坐在那兒假寐，她問他：「不去上班嗎？」

祥春的眼裡透出幾許無奈，祥浩心想，原來是兩個癡情的人呢，她問：「你能照顧她嗎？」

「告訴她，不要再為了感情的事這麼傻，今天愛一個，明天愛一個，這世界上可愛的人很多，失去了今天這個，一條命賠上了，就錯失了明天的那個。」

「你怎不去告訴她？」

祥春靜默。祥浩提著吉他走到門口。祥春問：「妳去那裡？」

「我代班，唱早場。」

她走出來，在皤皤陽光下，再兩天就要開學了，而如珍失去了她的尾指，她不知道為什麼如珍愛炮口可以愛到以命相許。她不禁想起晉思，她下定決心將他從自己的生活中驅除時，只是從他的公寓走出來，倒沒有像如珍蟄伏安靜了兩個月，像火山爆發般的採取了難以收拾的行動。是她愛晉思愛得不夠嗎？如珍曾說，問世間情是何物，直教人生死相許，她用行動執行她對愛的認知。祥浩但覺生活中失去了什麼，日子索然無味，現在，她走向演唱的地方，在那兒，她可以試圖用歌聲發洩失去了愛情後的惶惑不安。

19

開學之後，祥浩感到校園環境看似沒變，但他們的實質生活卻都在改變中。校園和她當初進來一樣，到處是活動海報，活動中心前擺滿了社團招生的攤位，新鮮人以好奇的面孔對校園的一切左顧右盼。現在她大二了，是一個自由的人，不屬於任何社團，不再因為愛慕誰而勉強進入社團。晉思因為讀商學院的關係，大三遷到城區部上課，校園裡沒有晉思，感覺蕭條不少，在大一的一年裡，她經歷了苦戀的煎熬和獨立自主的奔波，和讀中學時的平靜比起來，好像經過了幾個人生似的。而今，苦戀既已告結，她把心思放在學業和演唱上。

她不再接家教，餐廳演唱的收入，足夠她過優渥的學生生涯。「星坊」老闆說：「妳能唱又有外貌，不要輕易放棄駐唱的機會。」他在「星坊」替她加了兩節，原來的「木棉」因要轉車，她為了省下通車的時間，只維持一個演唱時段。這兩家餐廳已經占滿了她課餘的時間。深夜時，抱著吉他走在小鎮街上雖孤寂，但心中有歌聲相伴，又能增加經濟收入，她覺到了日子豐實的一面。

梁銘已經大四，為了準備考研究所，常常到台北的幾所大學聽課，一方面了解各校的師資陣容，一方面了解研究重點。他對登山社深厚的感情，使他雖退下社長身分，仍時常在那裡流連。梁銘第一次到台北聽課時，順道去「木棉」聽她唱歌，等她下了時段，陪她回淡水。他們搭火車，在關渡平原和淡水河並行，車行如風，水流不回，日子緩中帶急，像那條火車線僅餘的歲月。有一天，這條老舊的軌道終將成為歷史的片段，成為一筆待追憶的文字資料，留在那些曾經在它的載運下奔向目的地的人的回憶裡，直到這些人消失在世界的角落，消失在時間的流程裡。就像她和梁銘坐在車裡，也將成為過去，也許在回憶裡留一輩子，也許很快被遺忘。

梁銘問她：「妳這樣會不會太累？還有時間照顧功課嗎？」關懷的聲音，和那河上的微風一樣溫柔，在火車的行進間，與時間一樣可以成為永恆的註記。而她不知道如何去對待他的溫柔，她心裡也有絲感動，但那屬於感性的部分往往被她用理性的思維掩飾。

她說，人要經過許多嘗試和歷練才能夠真正了解最適合自己的生活方式，為演唱奔波雖然疲累，但這是一種生活方式，她不想把自己局限在校園裡，她受的教育很正統，無非是學生應專心課業，但她不要再受這既有的思維左右，她要了解自己可以如何過生活，可以到達什麼樣的極限。

梁銘靜靜的看著她，眼睛不曾一刻稍離，那是一種欣賞的眼神和隱忍的痛苦，祥浩往往移開視線，去看淡水河上的一片蒼茫。觀音山仍舊在那兒，總是在那兒，不曾稍動，任人世改變了，或巨大或幽微，任有些人失去了愛情，得到了愛情，它總在那兒。

「你有沒有想過，畢業以後要做什麼？」梁銘問，在車行如風的淡水河岸。

這情景很像一年前在淡水沙灘，兩人坐在月光下談著將來。而今梁銘一步一步往他的理想走去。不過才一年光景，那原來在沙灘上遊玩的一群人已經分散了。

「我不知道，我不確定。我是不是該像你一樣，去考研究所？」其實在問這個問題時，祥浩也迷茫。

「有沒有考慮以唱歌為終身職業？」

可以嗎？祥浩在心裡問了一個大問號，梁銘在這時成了一個討論的對象。「我不確定，我喜歡唱歌，可是不知道一輩子都得靠歌唱謀取生活所需時，唱歌可不可以成為一種純粹的樂趣。」

「妳現在也以唱歌支持學生生活。」

「那不一樣，我還在讀書，在學習尚未告一段落之前，還充滿了決定前途的變數，以唱歌謀生只算是觀賞風景，不是終點，我還沒有決定那裡應該是終點。」

「妳才升大二，還有時間考慮終點。」梁銘以極溫和的語氣說，那語言好像輕拂她的髮，使她想靠向他的肩膀，卻見那對溫和的眼，是她不能冒犯與欺騙的，她知道他不是她要找的人，始終不是。

她說，她很羨慕梁銘大學四年能堅持對社團的熱誠，那表示四年裡，和校園學生活動有某些程度的契合，他回憶裡的大學將是群體的，而她對社團的淡漠和重視自我，使她即使在大學熱鬧的群體活動間，也只算是蹲踞在自己的角落看著一切的繁華熱鬧。

「妳大一就在活動中心那個眾人仰望的表演台上拿下民歌演唱的冠軍，群體為妳鼓掌，妳的回憶裡不但會有群體，還會是群體的中心。」

她知道梁銘總是對她這麼善良、溫和、寬容，使她難以承受。

有幾次，她在校園看見梁銘，她總是繞道小徑避過他，由於不忍，由於有意的淡然，由於心裡默默對他的祝福，她希望他專心，考上理想的研究所。

如珍升上大三以後，上課的時數減少了，尾指的彎曲使她沉默，使她幾乎在公眾場所絕跡。她的母親從台東沿海村落來看她，祥浩第一次看到這個消瘦憂鬱的婦人，臉上布滿絲絲縷縷的歲月痕跡和未曾修飾的怒意和疲憊，指著如珍罵：「多久沒回家了？妳自己算！一時陣沒看到，就一隻手指不能動，下次可是要欠手欠腳？冊不要讀了，和我回庄腳。」

她捧著如珍的手指掉眼淚，任如珍如何謊稱是不小心給玻璃割傷的，當母親的仍然不相信。

「妳的性情我還會不知？世間男人有什麼好愛？伊愛妳的時陣，跟妳下跪，不愛妳時，當妳是垃圾。妳為感情割手割肉，媽媽沒人愛，又養一家人，透早做生意，半暝才收工，也沒想過日子過不下去。媽媽沒讀冊，生活還存一點道理，妳還是個大學生呢！道理應該知比我多。」

婦人像在趕戲碼，急著向不同的舞台奔去，她匆匆訓誨了女兒，匆匆離開，為了那片乏人照顧的店鋪。

而如珍像個未從夢境甦醒的遊魂，無言無語的和祥浩送母親去車站。在火車鳴笛進站的時刻，如珍望著那一長列車廂，和母親話別：「不要再擔心我，保證到畢業、到妳看得到我的時候，我的手腳皮肉都會完整無缺。」

「那妳啥時陣回來？」

「有假就回去。」如珍做了承諾。

她們站在月台，火車的乘客下來，另一批等待的乘客要上去，人生如此交錯，炮口和小臣從車廂出來，在她們眼前走過，無可逃避的照面，誰也沒說什麼，他們出站，她們入站，如珍臉色平靜如鏡。

而日子也平靜如鏡。在療傷的過程，言語都屬多餘。

然後，有一天，平靜的波面開始盪起細細的漣漪，那個漣漪擴大，是遙遠的生命之始撩起的一陣風，遠遠的吹過來，越來越近。

那個在醮會認識的大方伯，出現在她的演唱餐廳裡，坐在前排的位置，在她剛坐上演唱台時，就看見了他等待的眼神，在那張冷靜持穩的臉上，溫溫的發著光。那是溫馨的感覺，她甚至不必喊他大方伯，那張似曾相識的臉龐已是溝通的語言，招呼都顯多餘。那時已接近冬天，他穿了一件黑色風衣，正如她身上那件。台北的冬，蒼灰的天空，蒼灰的氣息，他們身上的黑色有些蕭瑟，在這蒼灰的情境下相遇，好像有些共同的回憶，不必提就了然於心，她覺得他是個懂歌的人，因為他出神的樣子彷彿歌聲已帶他去了哪裡，也許一段回憶，也許一種心情。

她知道他會來，在她把地址寫在他的本子那一刻，她就知道他有一天會坐在那裡。所以在她唱完走向他時，他們就很自然的交談了起來，像認識了很久的朋友。

他說他年輕的時候也曾經愛唱歌，但一開始為生活奮鬥後，唱歌就失去了感動，他的生活裡已經沒有太多感動的東西了，聽她唱歌讓他想起那個愛唱歌的少年。

他說，唱歌的時候，以為歌裡的感情和夢想都是真的，但在現實人生裡，歌中的夢想總是有點遙遠，不切實際。他說後有點猶豫，擱下手中的杯子以示慎重般的道歉說，太早告訴她這些了，因為她還年輕。由於這個道歉，使他看起來滄桑和軟弱。

祥浩突然同情這個男子的滄桑。和那個滄桑的原因。

但除了他的富有，她對他一無所知，包括他為什麼富有。

像墜入深淵一樣的，她對他有了偷窺的欲望。在他告訴她，看見她的手就倍覺親切，彷佛在那裡見過時，她覺他們會建立起一種友誼，使見面變成常態，因為，她也在他身上看到了親切感。但他年紀很大了，使她擔心那親切感的純淨。

他們談話的時候，老闆一直站在一株長青樹後觀看，好像不耐等待，並且確認了他們的關係，他用他那一身高級布料剪裁出來的瀟灑走向他們，問祥浩：「令尊？」他的眼睛掃向那個他誤以為是父親的人，對大方安然自若的氣質有點驚訝，那氣質使人聯想到財富，有些人並不需要端出華麗與鈔票，就讓人感到他的財富。老闆對大方露出不以為然的神氣，似乎質疑那財富，不相信有財富的父親會讓女兒在學生階段就到餐廳演唱。

祥浩回答「不是」，老闆反倒錯愕的說：「可是你們長得真像！」

祥浩以為老闆只是找話題。大方伯顯然不喜歡這位老闆，他站起來，和老闆握手，遞給他一張名片，在那名片之前，老闆變得卑躬屈膝。她聽到大方伯以略顯權威的語氣說，這是我姪女，請多照顧。她心裡有一絲恐懼，因為兩個男人的對話聽不出任何誠意。

兩人走在街上時，她看到他眼裡對她的擔憂，加深她的恐懼。

也許他感到了她的恐懼，他常常來看她，每隔幾個星期，從秋天，到冬天，然後，春天來了，許多微妙的事情像春天的氣息般，萌芽，發生，無可控制的成形。

恐懼變成多面的，不單只是兩個男人間缺乏誠意的對白。

在大方伯說他曾愛她母親，想擁有她母親，他一生努力一直有她母親的影子相伴時，她一度想成為母親，那個受這個男人深愛著的女人。

這念頭使她有罪惡感，使她不敢看他。他的年紀足可當她的父親，為什麼視線一停在他寬厚的胸膛，就有了情感的幻想？他臉上那堅穩又神祕的神采讓她想起晉思，難道是對晉思的不能忘懷轉嫁到他身上？多不同的兩個人！

校園，處處杜鵑花開，學生撿拾被風雨掃落的粉紅花瓣，在翠綠草皮上排出系上的英文代號。春雨初歇，泥香滿盈，她走在校園裡呼吸那氣味，原以為精神該有些振奮，卻怎麼也覺悵然若失。寒假時，她曾回家，沒跟母親提大方伯來看她的事，母親也未曾提起大方伯，而大方伯說，他曾想擁有她母親。在她的抽屜裡，一直放著那天醮會無意中為母親和大方伯拍下來的照片，大方伯專注的眼神盯視母親被鞭炮灼傷的手背。大方伯只說愛過她母親，其他就什麼也不說，什麼也沒說。母親的平靜如同一座聖殿，在那聖殿裡，不需要任何的疑問和猜忌，母親被景仰，被信任，她值得大方伯的仰慕愛戀。但祥浩不問母親為何與父親結合，她看慣他們的爭吵與行事風格的殊異，對於長年存在的既定事實，疑問已被漠視。她看見自己的父親聚精會神坐在牌桌上，用瘦弱的身子和虛迷的眼光和時間彼此消磨，她的同情勝於所有疑問。父親從牌桌間抬起頭來，問她，唱到哪時候？他沒有等待她的答案，將視線回到一桌子的麻將牌。那個曾在她初到餐廳演唱時趕到台北坐在餐廳內笨拙的拿著刀叉啃咬牛排的父親，是那麼短暫如曇花一現。而曇花是如此皎白純淨，幽芳清吐，所以難以忘懷，所以刻骨銘心。即使在後來發生了近於不幸的事時，擁著她的不是她的父親，她仍無法忘記父親那拿著刀叉將醬汁濺汙衣袖的舉動。

事情在初夏發生。夜晚，餐廳裡每張餐桌的燭火燃起夜的繁華和迷醉，西區慣常的人潮踏遍夜色，久久不息，霓虹誇飾著夜的王國，和玻璃窗內的燭火交映不想停歇的夜生活。祥浩坐在麥克風支架前唱了一夜的歌，那是唱完了自己的一節，老闆臨時通知她下一位演唱者沒辦法趕來，希望她頂替。她有些疲倦了，唱前一節時，大方伯坐在那兒想等她下班一起離去，知道她要繼續唱後，他說和一位多年不見的老友有約，不能等她了，如果她能不唱，他極想帶她去見老友。不管他有什麼理由，能來聽她唱歌，她已感滿足。她看他走下樓去，她回到演唱的位置，玻璃窗外夜色流燦。她是給別人的夜晚帶來情調的人，但她多想隨著沉沒在夜裡的歌聲滑下坐椅，好好的睡一覺。

她的喉嚨乾緊，彈吉他的手指脹痛，在歌曲與歌曲間，她不得不喝水潤喉，平時她是不這麼做，可這天連續兩節唱下來，雖只坐在椅子上，也覺體力衰竭。老闆請服務生替她送來飲料，不是水，那是加了什麼東西的飲料，甘醇的味道讓她以為有助精神提升，但在她吸氣、換氣，努力控制音域時，才知道對飲料的過度期望不過是幻覺，她的整個身體像掏空了似的，面頰潮紅，她只聽到自己勉力維持的歌聲，感覺不到自己的存在了。

夜不知何時靜了下來。她停止了歌唱，坐在角落的椅子裡靠牆休息。老闆穿一件閃亮的黑色短衫，在她面前走過去又走過來。客人逐個離去。她略有抱怨的對眼前劃過的閃亮黑衫說：「唱了一晚上，太累人了。」她臉上一直發熱，疲累未退。老闆停在她面前，饒富興趣的看著她臉腮上的紅暈。他取了酒和酒杯，在她面前坐下來，說：「喝一點吧，可以提神。」

「我得留著清醒的腦子回家。」祥浩說。

「一點點酒不會讓妳神智不清的。」

歇了工的大廚從廚房走出來，坐到這張桌子來，他墩胖的臉上也顯疲憊，在這打烊時刻，人與夜色一樣意興闌珊。老闆為三人斟了酒，高舉杯子說：「謝謝妳代班。」他說，他要送她回小鎮，因為火車與客運車都與夜同眠了。服務生一個個過來和老闆打招呼，然後走下迴旋梯離去。大廚拿起擱在桌上的軟帽，罩在那幾乎禿了整個頭頂的頭上，哈著酒氣說要走了。老闆說：「先走吧，我來關門。」

大廚走下迴旋梯之前，把餐廳的燈關剩他們這張桌和櫃檯之間的一排小燈，樓梯間也有一盞絢麗的燈，照著台階的地毯一階一階華麗無比。祥浩見大廚離去，她也起身到演唱椅拿吉他準備離去，老闆隨後站起來，她以為他要去櫃檯拿車鑰匙送她回小鎮，卻覺腰間被強壯有力的雙手一攬，老闆高大閃亮的黑色身影整個罩住了她，她在陰影裡沉重的呼吸著，扭過身來想推他，他潮濕的唇正好落在她暈熱的腮頰上，她把臉別開去，不讓他親她的嘴，他的鼻息轉往她的頸項、她的耳後，唇印粗暴無禮的在她的頸項上摩擦，他的手緊緊的箍住她，她的雙手抵在他胸前，用僅剩的一點力量想推出兩人的距離，但她的力量畢竟不及他，先前的疲憊與酒力蝕盡了她最後的抵抗能力，這個男人在她耳邊沉重急促的喘息，她整個人陷在他的雙臂下，聽他無所忌憚的說著猥褻的話：「我很早就要妳了，我看妳沒見過男人，我今晚要讓妳見見男人，也要讓妳變成女人。」她給了他一巴掌，還未意識到自己的手如何從他的魔掌逃出空間教訓他時，他又把她的手捉了回來，將她整個人壓在地上，他扯她的衣服，他那過於滑嫩無所事事的手貼著她溫熱的肌膚遊走。她掙扎著用腳踢他，才發現腳上的兩隻鞋早已不知何時脫落了。頓時失去安全感。沒有庇護。寒冷從腳心透滲入骨。他的唇印上了她的，而她的唇流進一股自己眼淚的鹹濕滋味。

誰的雪亮的皮鞋一踢，將那男人踢得屈膝呻吟，祥浩給另一隻強壯的手抓了起來，她聽到兩個男人謾罵，那個呻吟的男人來不及回手又被雪亮的皮鞋狠踢數下，她聽到清脆的肌肉搏擊聲，每一擊都是她心中深深的恨。她整個人像浮在半空中，睜開乏力的模糊雙眼，瞄見她的吉他橫躺在凌亂的椅子下，看清楚了這個幾乎抱著她急速奔下迴旋梯的男人後，她又閉上了眼睛。她再也不恐懼了。

20

祥浩問他，為什麼又折回來。

他說，有一種預感，說不上來，也許心電感應，他整晚都不安寧，他覺得她還在餐廳，所以和老友沒談盡興就回餐廳了。他看見餐廳的燈暗了，大門虛掩，他毫不猶豫的推門上樓。

她在他的懷裡，像她希望從父親那裡得到的。她剛洗過熱水澡，仍洗不去那個粗暴男人留在她身上的痕跡，她的眼睛已經乾了，沒有多餘的淚水。那男人濕潤的唇印像火燎，從她的唇、她的臉，蔓延全身，使她想換一層皮膚，重新來過。大方伯撫著她的頭髮，輕聲勸解，他問她，要不要打電話請母親上來。

她說不要，她甚至害怕母親知道她和大方伯往來。她問，她知道你常來台北看我嗎？

不知道。他說。他的眼神閃爍。他扶起她，說，妳像妳母親年輕時。然後，不再說什麼，只是一直看著她。沉靜。夜脫去喧譁。良久，他用深沉得像從遠遠的海上傳來的聲音打破沉靜，說，幸好我趕上保全了她的女兒。他看著她，眼神既不專心又迷茫，像在很久以前的時光流轉，看得她心痛，她覺得那個眼神應是多年前看著她的母親的，說感動說忌妒都已失去意義，她知道他只看到多年前的母親。那個無法從他生命中脫去的影子。

她問，你愛她很深？

誰？他明知故問。

很長的沉默。

你為什麼不娶她？

問妳的母親。他站起來，在室內踱了兩圈，打電話給櫃檯，他要另一個房間。

這是他下榻的旅館，一張雙人大床，光滑的木材牆面，小燈照著，澄黃、溫暖的所在。她躺在那張床上，在大方伯的注視下沉重的拉上眼皮，把所有的聲音和影像阻絕。她聽到大方伯走出房間的關門聲。封閉的空間，真正的安全。那個拯救她的男人也不再是威脅。

多年後她想起來，在那一夜，她遺失了吉他，突然的創痛，她沒有把它從凌亂的桌椅間撿起來。永遠的遺落，成長的某一個痛苦的代價。

大方伯送她回小鎮前，替她買了一雙鞋。穿上新鞋的雙腳幾分僵硬，新的一步從這裡跨出去。她盯著新鞋，一時竟覺悲涼，那穿慣了的舊鞋糊裡糊塗失去了，當初豈料身上的東西是在這種情況之下失去。

人回到校園，但她覺得她早已脫離了校園，那些清新的朝氣太年輕、太不經世事，她彷彿走了長遠的路，回到這裡，幾分情怯。

她回到公寓，祥春已在公寓內。

祥春的憂傷在每一根凌亂的頭髮，每一個緊蹙的肌肉紋理，及那彷彿隨時可以跳脫出來的瞳孔。如珍也慌張，是兩個失去了主意的人，與室內的明亮相對，而無言。

祥春的視線從祥浩移到大方。迷惑不解。

她告訴祥春昨晚的事。心的傷在隱隱作痛。

祥春向大方道謝。年輕人看著大方離去。

許多疑惑在那年輕的臉龐上顯示了出來。

「如珍通知我妳深夜未歸後，我去了餐廳，那裡已人去樓空。我想到妳可能的任何不幸，但沒想到妳會和大方伯在一起。」

「他對妳好嗎？」祥春注意她的每一個表情。

祥浩了解那試探的意味，她迴避他，說：「我以為你會問我怎麼從驚嚇復原。」

「他什麼時候開始來找妳？你們來往很久了嗎？」

她聽出了祥春的著急，也許他以為她和大方伯的來往有某種成分的不宜，祥春的懷疑令她心虛，但對大方伯不公平，她從來沒對大方伯洩漏她對他的仰慕，正如她不知道大方伯常常來看她，除了她是明月的女兒外，還有沒有別的情愫。那是她想知道而無法得知的。

「他只是來聽我唱歌。」

「住在豪華旅館就只為了聽妳唱歌？」

「你以為還有什麼？你在這個時候懷疑你的妹妹，是不是時機不恰當？那個人昨晚才救了我，我還真希望跪下來感謝他呢？你如果以為我昨晚只是去跟一個老男人約會，我寧可你不要來，寧可你現在就出去！」她的聲音變得十分嚴厲而高亢。

如珍很快站在她的陣線，向祥春解釋：「長輩常來看她有什麼不對？同鄉人，又不是不認識。他就是喜歡她的歌聲、她的才華。」

祥春剛才如刺蝟般的態度在他注視著如珍的剎那軟化了，他拿起放在一旁的背包，低頭整理了一下子，又抬起頭來看祥浩，那是一張思索的臉，好像還沒放棄在祥浩臉上找答案。良久，才說：「妳再也不要去演唱了，好好用心讀書，妳缺的錢，哥哥會提供。大方伯來看妳，妳要小心，維持一個長輩的友誼就好。」

「你怎能干涉我交朋友？」

「別人我不干涉，大方伯是好人，我只怕——」他的聲音變得十分細微，像自言自語，他檢查背包裡的東西，「事情會不可收拾。」

祥浩不明白他的意思，也無意聽他，如珍推了祥春一把，說：「你胡扯什麼？趕快回台北上班，免得惹你妹妹生氣。」

祥浩不願祥春過度干涉她和大方伯的交往，她以疲倦為由，爬到上鋪躺了下來，祥春靠到床邊，輕聲的對她說：「我如果不關心妳，怎會連夜趕來，我希望昨晚去幫助妳的是我，住在同一個城市，讓妳遇到昨晚那樣的事，是我一輩子的愧疚，答應我，別再跑餐廳了，就算妳有心成為一顆閃亮的歌唱之星，但在這條路上，我擔心妳會再遇到昨晚的事件。簡單的過幾年大學生活，單純的讀幾年書是多少人夢寐以求的事。」他停止他的談話，但欲言又止。如珍催促他出去。

祥浩爬下床，走到陽台看著祥春和如珍從樓下走過，祥春走在前，如珍在他的側後方，什麼時候起，如珍成了祥春的影子？如珍怎甘做某個男人的小女人？清亮的夏日，陽光在他們髮梢肆虐，這原是個晴朗的日子，但戀人即使碰不到陽光，容顏也會發亮。從上個暑假在祥春住處用餐的那個早晨開始，她該有預感祥春和如珍終有一天會形影不離，但後來如珍破釜沉舟的向炮口表白自己的感情，使她對祥春和如珍的感情失去想像。在她忙著演唱，秋來冬去，春花落盡，夏日初臨，如珍漸漸釋放了她的沉默，她不會寂寞太久，從來不會。祥浩不禁為祥春擔心了起來。

她迅速下樓，兩人的身影早已消失在校園可及的視線，她走到銅像前，在那台階坐了下來，圓形操場上有人跑步，有人玩飛盤，有人練跳，銅像對面的校警室控制著在校內進出的車輛，頻頻駛入的車輛留下引擎的聲音，校園原來這麼忙碌，在陽光下，燦爛的一草一木，都是光明的所在。她望向淡水河與觀音山，她曾和晉思坐在這裡，那時初相識，多少想像和期待，卻落個無疾而終。如今她獨坐這裡，他在哪裡？

祥浩突地站起來，快步往校刊社去，那裡雖然不會有晉思的身影，可是有胡湘，她是他的女朋友，看到胡湘就像得到他的訊息，就算胡湘不歡迎她，她也要去那裡感受晉思的氣息。是這樣自私呀，為了感情的寄託再度走入校刊社，而平日裡對社團沒有一點貢獻。在這燦爛的陽光底下，自私一點不可以嗎？尤其昨晚從虎口逃生後，她更覺即時滿足自己的重要了。

在她踏入過去一年視為禁地的校刊社剎那，心裡頓覺一股豁然開朗的自由。像興奮匆促的打開一瓶香檳，氣泡狂沖出來，在空氣裡撒野。

接近學期末，大家趕校刊，胡湘果然坐在那個象徵掌理校內青年人文思想的坐位，臉上一股銳不可當的氣勢。整個社員或高談闊論，或埋頭閱讀、整理稿件。胡湘抬頭望她，伶俐的臉上露出幾分驚訝，在她繼續往前走時，胡湘迎著笑站起來說：「啊，來驗收成果了！我們很不爭氣，忙到現在還進不了印刷廠呢！」

「這不是挖苦我嗎？我是逃兵，回來自請處分。」

「哪敢？處分了妳，我們老社員要反抗的，老前輩回來，頻頻打聽妳怎麼不來社團呢？處分妳，我可擔待不起。」

老前輩？聽到這樣的字眼，她不由得要想起晉思。他曾回社團嗎？她望向胡湘。別的社員傳給胡湘一疊稿子，說是他們製作完成的專輯。胡湘邊抽看那些稿子，邊說：「當編輯就是這樣，周而復始，看不完的稿件，但要看到一篇好的作品或一個好的企畫製作，可不容易。把有限的時間和青春陷在這裡，不就為了找篇好文章！」

祥浩聽在耳裡覺得很銳利，可是她可以無視於別人有意的對比。她坐在晉思曾坐過的椅子，問胡湘：「老社員還常回來？」

「在校本部的這幾個常來關心社裡，已經去了城區部的，倒沒有回來。」

那表示晉思沒有回來，但是晉思和胡湘是男女朋友，怎可能不見面？

她輕輕的問：「晉思曾回來嗎？」

那聲音太輕，胡湘的眼光精銳的攫住了她，在她臉上停留，像一隻蛀蟲，要把她啃光。然後，胡湘換了一張冷峻的面孔，把眼光重新調回稿子上，注視著稿子說：「妳想打聽他，為什麼不去城區部直接找他？他在這社團本來也只放了半個心，離開後怎會再回來？」她想到什麼，突然又抬頭看著她，「這點倒像妳，心也不在社團裡，也許哪天他也像妳一樣，突然就回來了。」

那表示什麼？胡湘和晉思分手了？還是他們本來就不是一對？她和胡湘的交情不深，自然不好問私人感情問題。如果他們不是一對，那張親熱的合照和胡湘對晉思的種種親暱舉動該如何解釋。她以為可以不要想這個人了，在社團辦公室的滿室紙張書籍間，往日感情仍如雪地上銀光傾洩，美則美矣，卻有些淒涼。她站起來想離去，胡湘冷淡的聲音問：「原來只是來問問晉思的消息。」大概察覺了其他社員對他們的側目，胡湘也站起來，抓著她的手臂，陪她走到門邊，親暱的說：「告訴妳吧，晉思這個人像浮雲，只有他自己飄來，否則誰也難控制到他，即使知道他在哪裡，他不肯來，就等於沒有這個人。」

「他是雲就讓他飄吧，飄去哪裡，與我何干，我只不過念在他曾是我的組長，問問他的現況罷了。」說了這句話，是驕傲，不願在胡湘面前屈服，說後倒是心裡有點痛，對晉思的想像遠遠超越了上下屬的關係，她走出社團。晉思的沒有消息就是消息，聽聽別人說他的名字也好。

經過登山社，門口一幅斗大的紅底海報十分醒目，她抬頭一看，寫的是恭賀梁銘同時考上兩個研究所。已是研究所放榜的日子！時光悠悠，但錯失的，又僅豈是日子？

登山社裡人影幢幢，她探身尋找，希望找到梁銘，跟他說恭喜。那些人卻說，梁銘登山去了，兩天後才會回來。他用登山慶祝自己努力的成果，他愛山，堅持到山頂與天對望。祥浩慢慢走出社辦，心裡有落空之感，連個說話的人亦沒呢？各人自奔前程去了，惟她在這裡閒閒的蕩著，誰又知道她心裡記掛著他們。

她走到文學院，兩年來，在這裡總是來去匆匆，來不及和同學建立友誼，學業也馬馬虎虎應付著，難道這是她來這裡讀書的目的？陰蕩蕩的走廊，留學訊息的布告，牆上也貼出了考上研究所的名單，她依舊站在名單前發呆，熟悉的、不熟悉的學姐學長的名字，他們是捧著書度過四年大學生活的，而她抱著吉他奔走在台北和小鎮的夜色裡，終了得為了工作讓自己的初吻在狼口下受汙辱。她望著名單的視線已經模糊了，她快步逃離陰暗的走廊來到外面的陽光下。她用最快的速度走，不知道要走去哪裡，繞著校園不斷的走也好，讓陽光曬著。她走得汗流浹背了，在銅像前，迎面來了一個人。是梁銘，此刻他不是應該在哪座山上與天對望嗎？怎會在這裡？梁銘看見她，臉上露出微笑，說：「真高興遇見妳，可是妳的氣色看起來不好。」

祥浩問：「你不是去登山了嗎？」

「天氣不好，取消了。」

「怎會天氣不好？你看陽光這麼好。」她向天空伸了手，隨空一抓，拋了滿手陽光給梁銘。梁銘笑得更燦然。

「這裡天氣好，並不代表別的地方天氣好。」

「就像有人考上研究所，有人落榜。我理解了。恭喜你。」

祥浩看梁銘一派優雅自在，那是辛苦收成之後的從容，她心裡為之怦動，他的自信早已奪取了她。「打算讀哪個學校？」

「應是『木棉』附近那所吧，這樣我可以常常去聽妳唱歌。」

這個傻蜜蜂，以為夏天永遠會在。「如果我不唱了呢？」

「我不在乎妳在不在餐廳唱，或者有朝一日成為唱片歌手，我最希望妳保有淳樸的歌風，能夠隨時唱給我聽。」

「我是說我不再開口唱歌了……」

「那我就從記憶裡聆聽妳的歌聲……妳開玩笑吧，唱得好好的，為什麼不唱了？」

她無言。一度以為自己會活在掌聲裡。一個意外的遭遇使她信心動搖。不，使她旁邊的人信心動搖。祥春不准她去餐廳唱了，誰也無法預測什麼時候會有突發狀況，一旦坐在演唱椅上，意外的陰影就隨時可能浮上心頭。而且，她失去了她的吉他，那玷汙的樂器她不想再撿回來，不留印記，記憶永遠的撤退。

「如果真的要恭喜我，就為我唱一首〈橄欖樹〉，如果考上研究所算是第一個理想的完成，我也算是找到了夢中的橄欖樹。」

她想，梁兄找到了，而她還在飄浮。她想開口唱給他聽，但張開嘴巴卻無聲，她試了幾次還是發不出聲音。

她望著梁銘，那副方形眼鏡的主人靠近她，想邀她坐在銅像下聆聽歌聲，她拒絕了，「改天唱。」

「我不會勉強妳，從來不會。可是我能等。」他看她，像要把她看透。她從叢叢綠葉間穿越出來。為了讓他保有對民歌的純淨印象，她不想把在民歌餐廳的遭遇告訴他，以免汙穢了他對民歌餐廳的一絲敬意與想像。

「念完研究所有什麼打算？」她問。

「服兵役，繼續念博士班。想在校園待一輩子，就得一路念上去。」

她看他，看他臉上那份篤定的神采，梁銘卻別過臉去，看山崗外的山山水水，一邊說：「如果妳願意，也可以選擇一輩子待在校園裡，也許我們有緣可以同校。」

啊，往後的人生，她何曾想到。梁銘已將自己放在校園裡了，而知識的領域可以無疆界的馳騁，校園不過是外在形式立身的據點，內在的知識奔馳才是人生的戰場。梁銘是登山者，站在山的顛峰環視著自己的人生路向。

「梁兄……」

「嗯……」

「你談到緣分，我倒開始對離別有所感傷，你離開了這裡，那也表示我們同校的緣分已盡。友誼都是短暫的交錯形成的，能不能延續，還得是有心人……」

「我們可以延續的，妳應該了解我的意思……」梁兄停止腳步，兩人站在操場邊，操場上有喧譁，梁兄無視於那些喧譁，正視著她，祥浩躲開他的眼光，轉身看操場上運動的身影。

梁兄的手環過她的肩，將她拉回面對自己，遠山為屏，綠蔭為幃，他像在宣示他的誓言：「不要有壓力，時間會過濾感情的純度。我們無法了解時間會帶我們去哪裡，幾年後，不管社會現況比我們想像的好或壞，我們在人海洪流裡都免不了要尋找一個立足的位置，那時，也許大家離得很近，也許離得很遠，但有心的人一定會彼此相尋。我是不管人在哪裡，都會給妳訊息。」

這誓約在人聲喧譁中聽得如此清晰。她挽起他的手臂，走到他的公寓前，他的肌肉緊實，她感到他的緊張。她停在樓梯前，要他上樓。說：「來日的事來日再說。你把我當雲，不必期待。雲來去無蹤，還在飄泊。」

她鬆了手，快步往自己的公寓去。背後那個身影，靜靜立在樓梯前送她。她腳步越走越快，彷彿自己真是雲般的飄了起來。梁兄那番話讓她想到晉思，人生是跌跌撞撞的，不知將隨洪流飄到哪兒，即時能享有的就得即時把握。如果晉思真如胡湘所說的，是一片雲，她也想化為雲，和他在天空相遇。

21

在祥春的堅持下，祥浩不再去民歌餐廳了。他聲色俱厲的說她的唯一責任是讀書。那時正值學期末，考試的氛圍逐漸逼近，她甫受驚嚇，也向「木棉」辭去演唱工作。免去了祥春的憂慮。

離開掌聲的寂寞和受辱的恐懼交替滲透著她，使她渾然不知自己的處境。倒是大方伯還曾到台北來，用那雙堅定的眼神跟她說，如果堅持走演唱這一行，就要有再嘗試的勇氣，最重要的是學習保護自己。她對於自己活在掌聲下的決定不太確定，她問他，人生的路有很多條，不見得只能選擇一條吧。他說，年輕的時候可以嘗試錯誤，但要在錯誤裡學習教訓，然後選定一條，勇往直前的走下去，才能成功。他是一個執著的人。她對他的全心信任使她活在愛的恍惚中，她敬他如父，但有時意識稍微有些超乎父女關係的想像，可這時母親的影子就會從哪個角落飄進她腦海裡、心坎裡，成為一道她與大方伯間的自然屏障。在放暑假前，她要求他別再來台北看她，因為她不再去唱歌，她需要休息一段時間決定將來要不要再繼續唱歌。他半開玩笑說，就要放暑假了，他當然可以不必上台北，在高雄就可以看到她了。然後，他不斷推撫鬢邊的頭髮，難得的煩焦不安，嚴肅的說，如果妳嫌我煩我可以不再見妳，但是冥冥中有一股力量，使我時常有見妳的衝動，難道是妳身上有太多妳母親的影子？年少時的夢怎會歷經了二十年仍緊緊相隨。他眉頭擠向眉心，巨大的痛苦如石。她彷彿窺見了母親的祕密，在他緊蹙的眉心透顯出來，使她想像、拼湊。想像母親的愛情尚且浪漫，想像二十年後愛上母親的昔日戀人可就情何以堪了。

她再次跟他說，不要再來看我。

妳們都拒絕我，妳和妳母親。大方伯說。如果妳覺得不妥，我不會打擾妳了。

如果是自然的姪輩感情，沒有逃避的必要，大方伯似乎看出了她的不安，他離開台北，沒有通知沒有再見。祥浩急於用恩人兩字去取代她對他的幻想。她以為對大方伯的想像只不過是因晉思飄離了她的生活。

她要找那片雲，她空虛驚惶的心多麼需要雲來填滿。

那是畢業舞會，梁銘他們那一屆要走離校園了。炮口也要離去，小臣也要離去。去年他們是畢業舞會的配角，而今成為主角，炮口不會再來邀如珍當煙幕，這一年，他們形同陌路，如珍也已在舞會銷聲匿跡，成天泡在圖書館裡。

這麼盛大的舞會，祥浩估計晉思一定會來參加，那朵雲會自己飄進舞會場所，她只需等在那裡。她決定去當等待者時，邀如珍要不要一起去。如珍沉斂了許久，一隻彎曲的手指改變了她的生活態度，她說：「我不再去，傷心過的，歡喜過的，現在都不重要了，我要新的生活。祥春在苦讀的時候，我怎忍心去跳舞。」

「祥春苦讀？妳什麼意思？」

「他打算今年暑假考夜大，將來半工半讀。」

「祥春的消息，妳比我更知道了。」

如珍撫著手上一本書，彷彿透過撫摸的動作在和用功的祥春做心靈對話。

「答應我，對待祥春要專一。」祥浩說。

「我過去太浮躁了，不知道一個好人就在身邊。」

「只要能信守祥春，妳的幸福無所不在。」祥浩了解如珍不再需要靠跳舞展示青春，祥春的沉穩已經抓住了她，而此刻知道祥春和如珍的關係後，大哥的愛有人分享，她覺得有更重的失落感，她好像把善意對待她的人一個一個往外推，像祥春，像大方。

如珍說：「我再也不談虛無縹緲的愛情。我得考慮出了校園以後該找什麼工作了，我總不能再吃家裡的，用家裡的。工作有著落，才能考慮結婚的問題。」

如珍總是那麼實際，開始在尋找她的橄欖樹了。生活的內容，最後由自己決定，誰也無法代勞。如珍已決定了她自己。

祥浩在舞會那天盛裝而出，往活動中心走去。她剛失去工作，一切回到剛進校園時的零，像新鮮人參加第一場舞會似的對這場舞會有著憧憬與期待。等待，是的，等待會是一輩子的功課。

她沒有舞伴，梁銘不跳舞，但手中有入場券卻苦無舞伴的男生多得很，她在她曾參與的音樂社團找到了一名舞伴，她和他進場去。音樂猶然絢麗，在舞會的場所永遠沒有時間的壓力，不必考慮將來，瘋狂或柔情的音樂足以麻醉生活的驚惶，使人完全的鬆懈。祥浩和她的舞伴相擁而舞，眼睛卻在四周溜梭，偌大的場地找人豈是容易，她慫恿舞伴跳全場，這名對舞技生疏的男生反倒顯得靦腆，好像那樣太招搖。跳快舞時，他的舞步仍踩在原地，祥浩已經挪開步，邊舞邊向會場的其他地方躥去，使舞伴不得不追趕上去。第二首快舞再起時，祥浩的舞步跨得更大，她以旋轉帶動步伐快速鑽到人群中，跳得全身血液僨張，氣喘咻咻了，回頭找不到舞伴，成了她一個人在樂海裡獨舞。在音樂近尾聲時，她爬上二樓看台，俯在欄杆上一邊喘氣，一邊注視著舞池中晃動的人群。燈光轉動，旋明旋暗，使密密麻麻的人影看起來都是舞林高手。她一區一區張望，尋找姿態最遒勁的舞影，她看到她可憐的舞伴像頭老牛似的靠著牆休息。到這首曲子終了，慢舞上場，有人休息，有人換舞伴，全場來了一次大洗牌。她仍然在那慢步輕搖的儷影裡望眼欲穿。這時，有人拍了一下她的肩膀，她回頭一看。那對深沉的眼！這不是晉思嗎？她一時竟說不出話了，只覺雙頰一直漲紅。

「妳的舞伴呢？怎麼讓妳自己一個人冷落在這裡？」

他對她笑呢！祥浩覺得有點昏頭轉向，身體還是支撐在欄杆上，過了一會兒才說：「我的舞伴早丟了。你的舞伴呢？怎麼你也自己一個人在這裡。」

「我進來不需要帶舞伴，總可以找到坐冷板凳的人。」

「你不需要舞伴，你喜歡獨舞，不是嗎？」

「有時候需要舞伴，像現在，我們下去跳支舞。」

他走在前面，兩人下樓梯步向舞池。他自己找到了她，果然如胡湘講的，如果他不自己飄來，誰也找不到他。現在，在緩慢優美的華爾滋旋律裡，她和他雙手交握，她貼近他的胸膛。晉思直盯著她的雙眼，問她：「那天就這樣不聲不響走掉？」

她沒有回答，他彷若自言自語：「隨妳，那是妳的權利，我不能干涉太多。」

「我那天太狼狽，第一次在男生的寢室過夜……」

「凡事都有第一次……我太榮幸了。可惜妳走得太快，我以為我可以有幸送妳上山。」

「你也不再找我。」

「我現在不是找到妳了。」

是嗎？他是有意還是巧合也在二樓看台。已經一年多了，若有意相尋，怎會等了這些時日。她說：「你對多少女生說這樣的話？」

這句話好像冒犯了他，他不再說了，專心跳舞，他們加強腳勁，在重音處做漂亮的移位。

「妳的舞技進步很多了，和男朋友常常跳？」

「我沒有男朋友。」但她心裡隱隱約約浮現深夜受驚那晚，伏在大方伯懷裡驚魂未定。大方伯的體溫使她呼吸緩和，那是一個港，安穩，風平浪靜。

他嘴角掀起一絲不屑的笑意，握住她的那隻手在她手心捏了一下：「我不相信。」

「我有沒有男朋友對你重要嗎？」她在試探他，他不語。

音樂停止後，接下來好幾首快舞，他們沒有機會說話。她以為可以和他跳一支輕快的吉魯巴，由他帶著她旋轉、仰腰，可是他沒有，他必須和另一個女生跳，那是他早就約好的，他從牆那邊找來了一個女生舞向場中央，那女生是名高手，捏在晉思手裡很輕盈，兩個人像雙飛的燕子，踩著音符飛翔。她看著竟連忌妒也沒有，只是喜歡兩人的舞姿。這時，旁邊有個聲音響起，問她，想不想下場跳。那個高大的男生已經向她伸出手，她將手交給他，從舞曲的中場開始跳起。男生的舞姿帶有野勁，稱不上優美，但像個久混舞場的人，他說他是別校的學生，在台北地區，哪個大學有畢業舞會他絕不錯過。他的野勁滿足了她尋找動感的欲望，她的旋轉在他的手勁帶領下，也變得輕盈了。接下來也是一首吉魯巴，他們繼續跳。祥浩偶爾留意晉思，卻不見他的舞影，她以為他跳到別的角落了。這個男生像霸住了一口好井似的繼續和她跳了接下來的兩支舞後，她因看不見晉思而驚覺那朵雲是不是又在不知不覺間飄走了。她拒絕了這個廝混進來的他校學生，退到場邊。她的眼光在舞場上尋找晉思。晉思卻已來到身邊，撥撥她的手，說：「玩夠了吧？要不要出去？」

「舞會還沒結束呢！」

「為什麼要跳到結束？」

他們已經往活動中心外面走來。山崗上溽熱的夏夜撩著微弱的山風，潮濕而悶熱。網球場上有人不受舞會和溽熱的影響，在那兒揮汗打球。

他們往宮燈道走。

「你跳到哪裡去了？我找不到。」

「在二樓看妳的舞姿。」

原來他在暗中窺視她。她有點得意，剛才那幾支舞跳得還算好。和別的男生跳舞，對他也許是種刺激。

「聽說妳在民歌餐廳唱歌。」

「已經是過去式了，我現在不唱了。」

「為什麼？」

她默默的走，和晉思別後重逢，那晚的情景若在這時說了，他會怎麼看待她的演唱事業，這一年的疲累駐唱，她極不願給別人套上有色的眼光，以為那餐廳裡三教九流，包括老闆的貪戀美色。快到銅像，她才說：「民歌餐廳已不再唱純粹的民歌了。」

「連當年的民歌手都不唱民歌了，妳怎麼還活得這麼天真，非民歌不唱。」

「我不在乎唱什麼，只要動人的歌都好，但是演唱環境不見得適合自己。唱可以唱給眾人聽，也可以只唱給知音聽。」

他有點吊兒郎當，說：「那我當妳的知音好了，去銅像那裡，妳唱給我聽。」

他們真的坐在銅像下的台階了，面對觀音山與淡水河，河影與山上稀落的燈影交輝映，她一句也唱不出，突然抬頭問他：「你有沒有女朋友？」

晉思毫不思索的說：「現在沒有。」

「以前曾經有？胡湘？」

「過去式還要追究嗎？其實和胡湘不算真的，我的女朋友也不只她，但現在都沒有了。」

「為什麼？」

「要嘛我不夠愛人家，要嘛人家不夠愛我。」

他講得那麼逍遙自在，好像真的是事過境遷，那麼在她剛認得他的時候，他是有女朋友的了。現在，她不管他是不是說真心話，即使他有一百個女朋友，她都不在意了。只要這個人坐在她身邊，跟她聊天，她也心滿意足了。她喜歡看他沉思的模樣，看他眼裡的一點迷茫。

也許她一開始就錯愛了一個人，但她拒絕不了他對她的吸引力。

「你這一年都在做什麼？」祥浩問。

「學生，除了讀書還能做什麼？」

祥浩不相信，他不像守著書本當書呆子那型，他必然有他精采或頹廢的生活。他越輕輕帶過，她越對他好奇。

「住在家裡嗎？」

他突然把手放到她的腰間，使她全身感到一陣痲熱，他的臉湊近她的，這樣近距離互視，卻又有幾分陌生，她低下頭來望著台階前的杜鵑花叢，花已落盡，綠葉滿枝。耳邊聽得他說：「怎麼對我這麼好奇了？搬到城區部後，我仍舊住在外面，和一群老外住，為了練習英文，我只有在週末需要拿生活費時回家，我媽已經說了，如果想出國念書，最好自己學會打工賺錢，她不想供我哥哥在外面念書，又供我，她負擔不起。」

他也要出國！怎麼這些人，一個一個要離開了！他是已為他的前景鋪了路，先和老外學語文再出國。

「打算出去念多久？」

一陣沉默後，晉思的聲音像從遙遠的國度飄過來，讓她覺得像夢一樣，「不想回來，我希望去很遠的地方，再也不要回來。」

她透過路燈的光輝去看月亮，月亮遙遠的在天一方靜看一切，人間總有悲歡離合、曲終人散之時，月可以恆冷無情，可人是有感情運作的，她怎堪聽他那似決絕的聲音在久別重逢後又說離別。是什麼理由讓他對這塊土地毫無眷戀？

「你對自己成長的地方沒有一絲感情？」

他的手從她的腰抽離了，似有情若無意的，他雙手靠在膝上，注視遠遠的對岸，神情變得十分嚴肅而鎮定。也許是那月光感染了他，也許是他早就想找個人當宣洩的出口。他像赤裸裸的把自己呈現在她面前。

「我爸媽很早以前就分居了，我媽帶著四個孩子自立門戶，我爸定期接濟我們，在大二以前我活得還算自在，可是升大二那年，我媽終於藏不住祕密，告訴我，我的乾爸就是我的生父，我的人生就有了大逆轉。當你發現從小和你一起打打鬧鬧長大的兄姐原來只是你的同母異父手足時，好像自己突然之間和他們很不一樣，距離變得好大，我才了解為什麼從小我的乾爸來看我，總是為我帶來一大堆玩具。他很有錢，我媽揭穿我的身分是為了我將來可以在生父那裡拿到好處，可是我不要，我要自己來。生命有很多時候是孤獨的，尤其是身世被矇騙了這麼多年，揭開的那刻，我才知道，自己孤獨了這麼久。也很奇怪，從此我就嚮往孤獨了。我想走得遠遠，離開欺騙了我二十年的這層關係，我相信有一個更好的地方可以使我安居下來，可是我得克服對我媽媽的牽掛。」

「所以，只有親情能留住你？」

「為什麼要留？我相信情感即使有困擾，人最後都會走自己的路。」

他似乎已做了決定，那麼自己在這裡自作多情又是何苦，他已經決定遠離家園，帶著浪漫的期待去尋找夢中更美更好的橄欖樹了。留下來的，是孤單的人。人都要學會和孤獨相處，習於孤獨就比較能承受寂寞。晉思的將來不會有她，她的將來又會是什麼？

這一夜，她開始感到慌亂，她尋到的這片雲還要飄得更遠。只要有個目標在那裡，將來似乎是可以期待的，可是在她此刻看來，未來的變數太多，能把握的只有現在，只有現在這個人才是在她眼前的。

可是，他說他要走了。他站起來，她坐在台階上不動，他又坐下來。挨近她，輕輕問，聲音如抖顫：「為什麼不走？」

「相逢不必忙歸去，明日黃花蝶也愁。」

他攬住了她，兩個人的溫熱與注視使對岸山上人家的燈火顯得黯淡。晉思說：「到我家去。」

她有些猶疑。

「我媽不在，我們可以一整夜聊下去。」

祥浩回宿舍給未歸的如珍留了字條，說到同學家住一夜。他們到山下搭車，往北投，他家在北投，他帶她去他家了，而她只是不想讓他那麼早離開。

他家在小山坡上，他們在繁鬧的街道下車，晉思走入炸雞店買了一隻溫熱的炸雞和幾罐飲料，穿過大街往他家的長巷走去。越往上走越安靜，夜沉了，城市在打烊，沿巷兩家溫泉旅館，門口掛著紅燈，門內幽暗。晉思說：「我每次從這裡經過，總想起『燈紅酒綠』這句話，可是始終不解什麼是『酒綠』。」

「古人釀酒，新酒上面浮著的是綠渣，還來不及讓酒放陳，就得打開新酒喝，綠渣還在，因此稱酒綠，那也表示酒家門庭若市。人說北投是風化區，我這一條街走來，已見了兩家幽幽暗暗的旅館，真是開了眼界。」

晉思沒說什麼，抱了那袋溫熱的炸雞往上走，停在一排簇新的公寓前才說：「很不幸讓妳認為這裡是風化區。這房子是兩年前我乾爸買給我媽的，我們孩子都搬出去住了，只有我媽媽住這裡，她也老是不在。」

「她去哪裡？」進屋後，祥浩問，她總要問出一個結果，心裡才放心。

「去我外婆家，在三重。」

祥浩瞥見主臥室裡掛著一件長睡袍，豔紅華麗，他媽媽擺在門口的拖鞋也是鑲金包銀的，使她想起剛才長巷那兩家旅館。可是她靜默看著屋裡的一塵不染，看著晉思扭開電視，將炸雞放在盤子上，戴上透明的塑膠手套撕扯雞肉，一塊一塊的遞給她。剛才在舞會上消耗的體力使她感到了飢餓，她坐在他身邊，對著電視，兩人啃咬著那隻雞，這個家頃刻間完全的屬於他們，晉思又去冰箱拿了蘋果，替她削皮後，遞給她，說：「我對妳比對我媽好，我從來也沒為她削過蘋果。」她以為他油腔滑調，但她喜歡他這點，使生活變得輕盈。他把電視關掉，剩下兩人的談話聲，剩下兩人吃東西的聲音。

他走到陽台，叫她出來看，看天上的星星，山腰上，稀星伴月，在市囂凡塵沉靜後，抬頭能望見幾顆星子也彌足珍貴。祥浩靠著陽台探看，山風轉涼。她的耳後有一絲鼻息的溫熱，她喜歡這個愛看星星的男子，喜歡他在她耳後的親吻，濕潤、柔軟，他的唇啊，怎柔得像溫暖的海洋，使她深陷悠游。他兩隻手環抱她的腰、她的肩，她鬆軟、神馳，在海的流域，不需力氣，她再也站不住，整個人倒在他身上。他摟著她，進到屋內，進到浴室，浴室的水嘩啦啦響。她坐在浴缸的邊緣，看著晉思一件件褪去衣服，站在蓮蓬頭底下沖澡，他善於舞蹈的肌肉、緊實的臀部，水滴滑過，他在等待她。濺飛的水打濕了她的衣服、她的頭髮。她看見赤裸的他，以及他那亢奮的性器。

逃避已太遲。他們互相搓洗肌膚，從滑溜的香皂泡沫探索彼此的身體。她曾經在他小鎮的浴室裡幻想著他洗澡的樣子，而今他們在同一個蓮蓬頭下柔情繾綣。他用毛巾包起她，吹她的髮。她問：「下大雨那晚，你也吹我的髮，為什麼突然放下吹風機，到隔壁去借房間？」

「我那晚看到妳的眼好純淨，我不敢冒犯……我覺得我不配。事實上，我多希望有這天。」

他又抱她，兩人赤身裸體，在他的單人床上擠挨著。他親她的唇角、她的腮邊、她的眼窩，輕柔的、濕潤的唇吻遍了她的臉，最後回到她的唇上，熱流沖激兩個年輕的身體，無可克制的慾火無邊無際蔓延，在激情的一刻，她竟能問他：「你曾有過經驗嗎？」晉思親著她的脖項說：「有，在小鎮，妳在台上唱〈橄欖樹〉那晚，我看見妳在登山社那位老兄懷裡，我很忌妒，就到山下去，那裡茶室很多，有了一次經驗，可是也不怎麼樣。」

字字句句祥浩聽得很清楚，但她更清楚，她要這個人是可以完全不顧慮他的過去，她撫摸他的頭髮，以嘉獎他的誠實。「看來我們真是誤會了。」

「不要說話。」他說。

「好痛。」她說。可是她很安心，因為兩人笨拙的動作，都證明了彼此的缺乏經驗。

那一夜特別長，他們從嘗試裡找到合而為一的節奏，他們沉湎在那節奏裡，兩個身軀緊緊相擁，彷彿怕這相處的機會一旦失去，就再也不回來了。

22

然後，日子潛藏了浮動與不安。

整個暑假，她鎮日困守在家裡，哪裡也不想去。初回家時，父母親都對她突然不再去餐廳演唱感到納悶，他們不知道她那一場驚嚇，不知道那一場獸性的暴力。但他們都因她不駐唱而鬆了一口氣。父親早說過，演唱的人在明處，聽歌的人在暗處，成分不明，防不勝防。但父親不會想到，她確曾在虎口下，母親也不會想到，大方伯救了她。有幾次，她想向弓著身子在廚房後的泥灶蒸鹹糕，一點一滴耗去歲月的母親訴說那天不幸的遭遇及大方伯的幫助，但看見母親寧靜的面容，她便知道，訴說已屬多餘，她不要在那平靜的面容上再激起任何的不安和憂慮，母親在她自己的營生裡尋找生活節奏。那些到家裡來批貨的小商人，成了母親精神最大的慰藉，她和他們聊貨料，聊景氣造成的貨價波動。父親好像拱手讓出家的地盤讓母親接待小販，他去外頭玩牌，而母親可以無視於他在這個家的似有若無。祥浩問，妳不怕他有一天死在外頭就不回來了嗎？母親說，到了這年紀，誰也管不了誰，由他去。祥浩不知道母親對父親是縱容還是放棄，母親似乎只對煙霧裊繞的蒸灶投以無比的熱情，她在那裡找到生活的寄託與樂趣。

有一天，母親接了一通電話後，就坐在烈火熊熊的灶前低頭飲泣。那是祥春打回來，在暑熱的天氣裡報告說他考上了夜大。在母親的所有孩子裡，母親認為祥春最貼心，她始終為了祥春提早離開學校工作賺錢補貼家用而覺愧對他，祥春自己努力半工半讀考夜大給她更大的愧疚感，因為她沒幫上祥春的忙，祥春的成就都是自己奮鬥來的。但她的眼淚是驕傲的眼淚。祥浩坐在門邊看她哭，看那驕傲、欣喜、愧疚交纏的淚水把婦人的臉透顯出隱藏了許久的滄桑。她用整個胸膛貼著母親的臉，她不忍心看，那是張在她小時候的記憶裡重複出現的滄桑面容。

而後，母親又顯現了她的從容鎮定，拭淨了淚，說，我們這一代人生活艱苦，都可以走出路來，你們這一代也會有自己的辦法，一代人一種生活方式，實在無需操煩的。

生活的磨練，早使母親學會了釋然。夏天結束前，二哥祥鴻從軍中退役，家中又添了一個人陪母親。母親看著孩子一個個歸來，一個個走向自己的前途，臉上時常展現笑容。祥浩告知自己將開學北上那幾天，母親像要抓住每個跟她相處的機會似的，總是來到她的房間，跟她強調她是她唯一的女兒，要學會保護自己。臨走那天，母親還問，妳那把口琴還留著嗎？

真像借屍還魂的感情，媽媽一提起口琴，她就想到大方伯。他信守承諾，一整個暑假沒來找她，雖然彼此共居一個城市。她對他的記憶是從口琴開始的，而母親也有一把口琴。她現在覺得母親和大方伯兩個人在圍擊她，使她籠罩在他們兩人曖昧不明的情感氛圍裡，藉著一把口琴引起她的揣測，如果她不是那麼在意大方伯，她完全可以無需對母親的詢問過於敏感。口琴已被她放在某個角落，她問，怎麼想起要問那支口琴？母親說，只是提醒妳，收好。母親的提醒令她不安，因為隱隱的感到口琴傳遞著某種訊息。她怕去揭穿，有些感情幽微得只適合塵封，塵封才算完整。就像她對晉思的感情，無從向母親說明，因為不確定。

是的，有好幾個月的時間，她在情海歡娛的不確定中。那天離了家，一上台北她就去找晉思。晉思陪她回小鎮。如珍回海邊過暑假還沒回來，如珍說答應了媽媽這年暑假要回去，她不再怕姐夫，不再怕家裡的一切，這是她當學生的最後一個暑假，以後她不會再有暑假了，所以她回家，為了以後一年十二個月都得在外地上班做預先的度假。

那天她和晉思去看電影，但電影情節的吸引力比不上他們對彼此身體的渴慕。他們在寢室裡與夜晚廝磨，樓梯口「男賓止步」的牌子早被風吹掉或誰拿走了，沒有人把它補上，沒有人在意。他們以為自己夠大了，可以自主自己的身體和意志，不需要禁令，不需要屏障。晉思仍舊溫柔，濕潤的唇吻遍她的臉、她的頸，一直往下，他在她年輕的肌膚上喘息，他說：「我媽以為我什麼都不懂。」他們同時笑了出來，她知道那句話意含所有父母以為年輕的孩子對性純淨無知。她突然想到結婚，如果晉思跟她求婚，她絕對願意，兩個有感情的身體沒有理由不在一起。晉思好像也有心電感應，在盡情宣洩，在肉慾的歡娛滿足了性靈的需求時，他柔情繾綣呢喃：「我們同居好嗎？」他說「同居」，她聽得很清楚。她也聽到自己的聲音，清晰決斷的，說：「不要。」

他無聲，擁著她，看她赤裸的肩，等待她說下去。

「除非有一個確定的將來，否則同居沒有意義。」

「妳願意等我到三十歲嗎？三十歲以前我不結婚。」

「那還有好幾年。你真要我等我就等。」

他沒回答。眼光落在她臉上，良久後說：「妳的肩膀好美，妳的身體好輕，我永遠不會忘記。」

「妳已經打算把我放在記憶裡了。」

他親她面頰，然後坐了起來，穿好衣服。他坐到窗前的桌子，打開窗戶看外面逐漸升起的曙光。她什麼也沒穿，坐到他身邊。他說：「不要承諾，我不能給妳承諾，我老早說我要遠走不再回來。妳會有更好的選擇，妳不可能等我。世事會變的。」

「如果我等呢？」

「不要等，我不值得妳等。」

那一刻，她清楚知道他們的未來是一個渺茫的未知數，渺茫得幾乎沒有結果。晉思不要為明天負責，明天是不確定的名詞。他除了一個人遠走高飛，去尋找一個逃離生長背景的理想落腳地外，其他的選擇都無足輕重。

「我不過是你走到理想之前的一份甜點。」祥浩有感而發。

「不要這樣說，我擔心妳會讓我走不了。」

「一起走呢？」祥浩說出這句話時，才開始思索這個問題。她從來沒想過要離開生長之地永不回來。誰能對未來這麼肯定，包括晉思。她用懷疑的眼光看晉思。

晉思說：「不要打亂我的計畫，我嚮往孤獨。不要讓我牽掛妳。」

他的私生子身分使他對自己懷著悲劇的想像。祥浩退回床邊，穿上衣服。為什麼她愛這個人可以愛到不計較他的飄浮，他是浪人，他要去走只屬於他的天涯，他要獨行。他點燃一支菸，臨窗吐吞煙霧，她在他背後，看那孤寂的抽菸姿態，煙霧從他的臉頰邊向上飄散，與髮絲糾繞，他抽了一支、兩支、三支……，祥浩又走向他，伏在他胸前，聞他衣服上的菸草味，如果他真是一縷非飄去不可的雲，就讓兩人相聚的時刻成為永遠的銘記，她不要他忘記她，她用身體取悅他，沒有責備，沒有埋怨。她不要他對她的回憶裡有任何的不悅。如珍引詩說，問世間情是何物，直叫人生死相許，能有一次熱愛，生當無悔，即使短暫如流星在夜空急條劃過。

沒有目標的相處存在太多分手的臆測，晉思一方面準備預官考試，一方面準備留學考試，他們相處的機會並不多，但在碰面時，總難以克制對彼此身體的渴望。他們常常在他的山坡上的家，白天，他媽媽不在，祥浩在那裡總疑心他的媽媽會在哪一刻闖進來。而晉思擔心她懷孕，那會使他的計畫全盤破壞。愛情的禁忌為愛情罩上刺激的色彩，缺乏名正言順的相處，使相處的時刻更為珍貴。有時候，他們只是手牽手過一條街。她時常等待，等待週末或哪個放假的日子，和晉思見面。

演唱時攢下的錢足夠她再過一段優渥的學生生涯，她不需要靠祥春的幫忙。但不演唱後，日子突然變得太空白，心情像一張白紙，在白雲為襯的天空飄飛，固然悠哉，卻沒有著落，尤其到了大三，修的課沒有前兩年多，此時得出來的空閒，才是許多人思索畢業去處的開始。她決定把注意力放回課業，班上有許多同學，她甚至不知道他們的名字，她發現班上有幾個英文程度較好的同學利用他們的英文能力兼差，有的在美語補習班，有的兼做文字或影片翻譯，也有的堅持不兼差，以免耽誤功課，那些以功課為先的，大多打定主意繼續深造。原來大家都為了將來鋪路了。而班上的同學早已預測了她的未來是當一名閃耀的歌手，遲早會在唱片市場買到她的歌聲。他們聽聞她從演唱台退下來，都顯出惋惜的訝異。祥浩保持沉默，不說明原因，她有選擇唱不唱的自由。而她從同學那裡知道另一項生存的技能，翻譯。初和出版社談這個工作，是為了精讀一本書，想不到一頭栽進去便在文字堆裡發現了一個新天地。她鎮日埋首在圖書館裡，除了週末或放假的日子和晉思有約外，她的生活純淨到只有閱讀與翻譯。好的譯筆可以拿到較高的稿酬，雖比不上演唱收入，卻是一項安全而滿足的工作，帶給她全新的知識視野與態度，遇到不懂的意思，她和同學討論，向教授請教，豁然開通的喜悅，使她逐日走向文字的領域。

那時候，如珍也特別用功，沒有什麼特別的目的，她說：「前三年混得太凶了，以後想上課也沒機會上了，這最後一年得特別用功。」她沒有繼續考研究所的打算，「我的底子不夠好，沒資格考研究所。」她說得十分釋然，臉上重新出現了以前常掛著的笑意，她用功只為了想用功罷了，做學問對她而言太沉重。她覺得到小學或國中教書，大學的程度十足的派得上用場。

「那麼妳想當老師？」祥浩問。

「妳笑我好為人師呢！我想不出其他有長假期的工作了。」

「要假期做什麼？」

「除了工作外，可以留很多空間給自己。」

「如果工作和興趣結合，工作也像度假。」

「那是一個理想，我不是那種幸運的人。其實我不適合當老師，校園不是我的舞台，我想要很多錢，錢讓我覺得自由，有尊嚴。」

「想有假期，又想有很多錢，找個有錢人當現成的少奶奶吧！」祥浩原只是開玩笑，不料如珍認真的說：「祥春！別小看祥春，他會有錢。」她的回答讓祥浩心驚，擔心如珍要祥春只是以為他會有錢。

祥浩正色跟如珍說：「妳是為了錢去愛一個人嗎？」

「錢是附加價值。愛一個人可以不必考慮金錢，如果有愛情又有金錢，再完美不過。萬一想有愛情，又想有金錢，我會先選愛情，再去弄金錢。」如珍從書架底層翻出一堆相本，一本本急速翻閱，翻出了一張男子的照片，送到祥浩面前，說：「我第一次談戀愛竟是自己的姐夫，為了他，還傷了自己的手，現在這隻手已經受不起傷了，也找到了可以牽這隻手的人，這個過程妳最知道了，我也知道妳對妳大哥的感情，我不會讓妳失望的。」她將那照片對撕成四片，流水般的轉了個身，將碎片丟到垃圾桶，好像那是一個冥冥中想像了千遍的動作。是誓約，保證她只對祥春忠心。祥浩終於知道真正愛上一個人可以奉獻，可以無悔，可以不必顧慮麵包，那正是她對晉思的態度，而如珍不知道她對晉思的感情，她也不打算告訴任何人，她預知和晉思的愛情是短暫而熱摯的，但留下的刻痕也許要花很長時間做為撫平的代價，她願意獨自負擔這個短暫關係留下的永恆記憶，更確切的說，是自私，她要獨享記憶。

她好像隨時在等待晉思從她的生命裡飄出，所有短暫相處的時刻，都為將來的記憶做了預備。那是臨冬時節，她去重慶南路的書店街選了兩個相同模式的圓形玉石，為兩人刻了印，石上繫上紅絲帶，可以掛項為飾。冬至那天，她在他母親的公寓裡交給他，「同樣的印章，你一個我一個，無論你在哪時候用上印章，總會想起這是我送的。」

「在國外，只認簽名，哪用得上印章。」他雖這樣說，倒把那紅絲帶解開，掛上頸項。她的早已掛上了。他抱住她時，在她耳邊輕聲說：「別對我這麼好，我不要有牽掛。」她聽到兩顆玉石撞擊磨擦的聲音，清脆悅耳，他們的胸膛靠著，她又聞到他身上的菸草味，她不責怪他抽菸，她喜歡那味道。她的頭往他的胸膛滑下，埋到胸膛的溫熱裡，她深深吸入那菸草味，兩手緊緊的抓著他的衣袖，怕那味道在頃刻間消失了。

深夜，安靜的社區，未央的戀，乾淨無塵的家，冬至夜，他的母親不在，主婦缺席，沒有搓湯圓增歲的習俗。她從客廳望向一間空置做為更衣的房間，掛滿流金美燦的衣服，薄紗的、織錦的、袒胸的、露背的……只有在明星身上或風月場合才適穿的服飾。

「你媽媽的衣服真華麗。」她說，她的聲音裡有明顯的猜疑，晉思的腰脊挺直，將她從他的懷裡推開，他撫摸她的髮，眼神卻空洞而焦躁，他的手從她的髮絲順著頸子滑向背脊，他重複的做著相同的動作，一邊說：「有些事永遠不能明講，講明了，就赤裸裸，什麼也不剩了。」他走進浴室，問她要不要一起進去，他沒等她回答，就虛掩了浴門，蓮蓬頭流水的聲音敲著夜的琴鍵。一分鐘、兩分鐘過去，他沒有再邀請她。她也坐在原來的位置不動，想著他剛才說的那句話。水聲擾亂空靜的夜晚，他是赤身裸體在水流中，她是滿懷疑問獨自揣測。晉思說了那話難道有隱喻？她走入更衣房，一架架層次分明的衣架沿牆而立，外套區、上衣區、裙褲區、洋裝區……條理分明，閃著華美的色彩和流行性感的款式，毫無遮掩的標示了女主人的衣著品味，一個純粹的家庭主婦衣櫃裡不太可能有這些五顏六色、閃金發銀的衣服，她彷彿有點明白他的母親為了獨立養四個小孩所付出的代價。剛才真不應該問晉思。晉思久久的待在浴室裡，使她心痛。她走出房間，有了作賊的心虛，因窺視了什麼禁忌的秘密，使自己無意中成了重要證人般的誠惶誠恐。她坐回原來的位置，在那兒等晉思，但他還不來。她走到虛掩的門邊，水聲停了，一室的水霧從門裡飄飛出來，晉思裹了一條大毛巾在擦身子，遒健的身子在水霧裡安靜的變換著擦拭的姿態，鏡子上的燈光投出水霧飄飛的形影，沒有方向，沒有重量，沒有聲響，晉思在燈下，也無聲，赤裸的背部曲線優美有力，在水霧裡卻迷濛孤獨。

祥浩移了步伐走入他的房間，她攤開被，一件一件褪去衣服，一件一件整齊疊在矮櫃上，只剩頸項上那條翠綠的玉石印章冰涼的貼著肌膚。她鑽入被裡，以前常常驚恐晉思的母親會在這時回家，現在她不驚恐了，晉思一定知道他的母親不會回來，才帶她到這公寓裡，她要信任他，不管他對她有幾分誠實，幾分隱瞞，她要的是他整個人，包括他的難言之隱。

晉思進來了，穿著鬆軟乾淨的藍色運動衣褲，坐在她的身邊。他低頭看她，久久的沉默不語，眼裡變化著憂鬱、迷失、茫然、不馴，還有一點點晶瑩的淚水在幽深的瞳孔裡迴繞。祥浩也那樣看著他，她怕他的淚水掉下來，故意輕鬆的問：「穿那麼多，怕我占你便宜嗎？」

他伸手按下牆上的按鈕，燈暗了，黑漆的夜，遙遠的星子，幼時她曾見過滿天無數的星子，以為長大後的世界像星子那般閃耀明亮，曾經是擁著星子織夢的童年，直到有一天她醒來，看見屋頂拆了一個大洞，強烈明亮的陽光揉碎了星夜的幻想，母親撕下一張日曆紙嘔出滿口鮮血，她以為母親會死，會從日子裡消失，但誰人說過，窮人命韌，像九命貓，要一再的受磨才能顯出美石的光華，強迫搬遷使她過早了解流盪的人生，流盪的歲月，星子遙遠，寒冷，屬於夜，永遠的黑暗。晉思鑽進被裡，她看不到他的眼了，只有模糊的輪廓，輕輕的沉入她的頸項，他的唇沿著紅絲帶親吻，吻到她的胸口，吻到那枚已被她的體溫溫熱了的玉石，石上有她的名字。祥浩伸手到晉思的頸項，摸到了同樣的紅絲帶和玉石，她的淚滾了下來，晉思的臉湊近，磨著她的頰，淚水沿頰而落，濕潤了兩張臉，她不知是自己的還是他的。

她想伸手去摸摸他的眼，他卻用他更用力的手攔下了她的手，將她的手放入他褲子的口袋，口袋裡有一個扁長的盒子。

「這是什麼？」祥浩問。

「保險套。」

「今天不需要。」

「妳留著，妳最知道自己什麼時候需要用到。」

她光滑的肌膚貼著他柔軟的棉質衣服，胴體像蛇一樣的扭動攀纏著他，晉思用四肢罩住她，緊緊的罩住，唇在她的髮上，她一動也不能動了。

「不要動。」他說，聲音在她的頭上像一息風飄過，「妳這樣會讓我走不開。」

「你如果決定走，我怎麼對待你，你都會走，不是嗎？」

兩人沉重的呼吸隱含了百迴千折的心情，吞噬夜的靜寂，他們都不再動，合抱著，千年萬年，永久的記憶。他說：「如果有一天妳找不到我，就不要找了。」

「我絕不妨礙你的任何決定。」

是承諾，是道別，一直到早上，陽光透窗而入，照著他鬆軟的衣服、她透明的肌膚，他們維持著原來的姿勢，這樣的姿勢成了最後的印記，她以赤誠相待，而他裹著一件柔軟的衣，成為她生命裡一件拆不開的神祕之禮。

23

在下一個假期，晉思不再來電話，她打電話過去，那邊美國室友說他已搬家。祥浩從小鎮的山崗走下來，沿著老街漫不經心的走，走到市場的窄巷，腐葉挾著魚腥的味道在巷裡長日徘徊，她走到以前家教人家的樓下，晉思曾站過的位置，又沿著市場外緣走到渡船頭，那兒有乘客在票亭買了票，等待河中的渡輪駛近，他們要去對岸，也許是離人也許是歸人。晉思送她去家教那晚，雨絲紛飛，他說為了等她，來渡船頭看了兩個小時的山河。來日在他鄉，他也會在某個河口獨自撐兩小時的傘，在雨中看山看河、看燈火邈邈嗎？他心裡可會惦記她？岸邊的人搭上渡輪了，他們要往他們的目的地去，什麼時候也許又回來了，也許不回來了，轉到另一個所在。人生是遷徙的，來來往往，充滿了變數，走了一程又有一程。祥浩望著渡輪沒水漸行漸遠，對人生際遇有無限恍惚之感。沒有照片，沒有書信，她和晉思將只有記憶。千江水流去，幾番人世風雨，獨對自己時，不過是未曾圓滿的相思之情。她要信守承諾，尊重他的決定，不再去尋找雲。她獨力承受對他的記憶，甜美的、痛苦的。她要他自己回來。

沉默成為日子的色調，她來去圖書館與教室之間，心裡有個人影與她相隨，她等待他後悔了，有一天出現在她面前。當日子一天天過去，她明白那只是閒靜不下來的相思幻想。沉默成為煎熬，沒有出口的相思。等待成為生活的期望，等待的時間也許很短，也許很久，但她不要空等，她要在一個安然的地方，從容的等待他回來。

她積極準備考研究所，既然唱不成歌，就繼續讀書，近年國外的文學院所不容易拿獎學金，出國留學的路暫難如願，留在國內，既可讀書又可和學校建立關係，留在學校任教的機會大。想不到最後這決定竟和梁兄殊途同歸。梁兄愛校園，以登山做為職業以外的人生樂趣，她原以為自己適合掌聲，將以歌唱為業，現在倒想踏實讀書，好歌喉聊做生活調劑。

寒假時，她回南部，短暫的過年熱鬧景象在家裡先反映了出來，小販在家裡穿梭批年糕，今年母親特別高興，在番薯上刻印的多了二哥祥鴻。二哥退伍後考上一家電子企業當助理工程師，住在家裡，晚上幫忙母親家事，為母親分擔勞務，小弟祥雲再半年考大學，幾乎以校為家。過年時，他們都放下個人的工作和學業，幫忙母親招呼小販，兄妹四人也趁此時團聚。他們在滿桌的年糕間，一邊裁透明膠紙，一邊蓋福印，一邊聊天。祥鴻遺憾祥浩駐唱時他不能去捧場，他說：「妳在台上演唱時，一定美呆了。我在軍中最驕傲的，就是跟同袍吹噓我的妹妹。有美貌又有歌喉，不演唱，多可惜！」

祥春沉靜不語，用繩索把一圈圈的鋁製模型串成一串，掛在牆上，備用下一回的灌漿。

祥雲說：「姐的學費賺夠了，不唱有什麼關係？」

「她可以用這項才藝吃一輩子，很多人費盡力氣和關係想這麼做，還因條件不足，不成氣候。」祥鴻說。

祥雲反駁：「成名要付出代價，如果不喜歡過公眾人物的生活方式，賺再多錢也得不到快樂。」

祥浩和祥春同時望向祥雲，祥浩站起來，走到祥雲那邊，輕輕順了順他的頭髮，說：「你年紀最小，最懂事。我不喜歡不想喝酒時，卻得喝下應酬的酒。」

母親端著還圈著模型的新出籠年糕走進來，她聽到他們的對話，她坐入他們之中，露出釋然的、幸福無邊的笑容，說祥浩不演唱讓她放心，她不需要女兒為了生活過著讓她提心吊膽的日子，她相信祥浩的才能不僅僅是唱歌。

「祥浩有其他的才能，我們也都可以自立，闖出自己的天地。我們還會給妳最好的生活。」祥春穩重的聲音試圖給予母親安慰。但母親似乎不需要這種安慰了。母親一直盯著祥浩，很久很久才說，孩子總有一天各有天地，都要飛離巢的，像她當初離開她的母親，孩子的家庭幸福快樂才是她最好的生活。

他們都是看著母親的磨難長大的，而那磨難多數從父親那裡來，所以他們也知道母親的話語隱含了與一個喜愛的人共同營造的人生。但誰也沒說出口。父親缺席，在年前的忙碌裡，父親也自有他忙碌的事。

祥浩想起大方伯，要過年了，他家裡熱不熱鬧？他不會當一個缺席的父親吧？他是那麼守承諾的人，是她叫他別再找她的，兄弟談起演唱和父親的缺席，使她特別想他。她靜靜上了樓，找出他的名片，在樓上撥了電話到他家去。是大方伯親自接的電話，那邊有點驚訝，聲音高昂激奮。她說她想去看他。樓下是喧譁與笑聲，沒有父親的家裡，這般輕鬆自在。她想撥通電話給父親，讓父親回來共享天倫，但不知該撥幾號。

這晚，她將一份年糕放入手提袋，按著地址來到鬧區靜巷的一棟大樓，抬頭望向七樓，熒熒燈火，團圓的光，溫暖沁人，是他允許她來的，她就要見他的家人了。不知怎的，有一種情怯的心情，好像她是他祕密隱藏的女人，就要浮出檯面。電梯上樓，樓下的管理員已經按鈴通知七樓住戶了。他家的氣派她可以想像，即使如皇宮她也不驚訝，金錢多到可以支持一輩子奢華的享受，金錢的使用方式就失去想像力，因為可以不必多方精打細算就建構物質世界。大方伯等在電梯口，迎她進門，偌大的房子卻只是素雅的顏色和簡單明亮的家具，人成了家的主體，這裡沒有用以炫耀身家的布置，她的注意力回到大方伯，他立在素雅的顏色間，是家的主人。大方伯的眼角堆聚笑意的魚尾紋，他穿淺藍色的毛衣，他喜歡藍色，他屬於海。

他請她坐入餐廳大玻璃窗前的長形餐桌，靠窗擺著盆盆綠色植物，白天時陽光必然落在那一排青翠的繁葉間，為室內迎接一天的活力。大方伯坐在她對面，一再的向她說歡迎。他開了一瓶酒，開心的說，不必一個人喝酒了。他倒給她一點點，示意她可以不必喝，拿著那酒杯裝樣即可。

是這樣孤單寂寞的一個人嗎？她問他，你的家人孩子呢？

都在日本。他說。三個孩子都在日本讀書，太太已經過世了，老媽媽八十幾歲了，身體還硬朗，她回鄉下過年，那裡有她的老鄰居。

孩子不回來過年？

過幾天，我接老媽媽一起去看他們。

原來是孤單的生活著。財富不能使親情貼近。如果他不能供應孩子留學，孩子不會離他那麼遠。祥浩突然同情他的富有。她拿出年糕，放在桌上，說，媽媽做的，嘗嘗吧！

妳來是為了讓我嘗妳媽媽的手藝？

不是，是為了來看看你。

大方伯始終沒有放下他的笑意。他拿了刀叉，分切年糕，慎重的、安靜的咀嚼。然後說他知道她母親用這個做營生，他佩服她的堅強獨立，他認得她那麼久，卻是在這麼多年後才第一次吃她親手做的東西，而且是由她的女兒送來的。他站起來，走到窗前，遠眺市區的夜色，又回過頭來，告訴她，他對人生有許多感慨。

你怎麼知道我媽媽做糕買賣？祥浩問。

他不說，他沉默，他低頭沉思，彷彿那也是對人生感嘆的一種姿勢。突然，他抬起頭問她，妳不唱了嗎？

是，不唱了。

想做什麼？

讀書。讀書永遠不會折舊。

那就要好好讀下去，讀到比妳唱歌的成績好，放棄唱歌才有意義。人生沒有太多從頭選擇的機會。

祥浩從他的背影望向玻璃窗外的夜色，這城市很少人擁有這樣的觀景玻璃，她和他看著同一個方向了。她知道他的成功是勇往直前，這個信念給了她多大的力量。她走到他身邊，端了兩人的酒杯，感謝已說不盡，她把那薄酒飲盡，做為語言。

大方伯問她為什麼上回不准他去看她。那是她說不出的心情，至今也理不清。她想起晉思，如果可能，她願意把晉思的事告訴他，但這份愛的深沉使她只願埋在心中做為祕密。她不說理由，她相信，除了晉思，她不會愛別人。她說，我可以再來看你嗎？

她看見大方伯的魚尾紋又笑成更深的紋理，一條一條，刻深了他的孤單，卻又透顯著無比的沉穩堅韌，使她想要留在這裡，陪他度過家家團圓的時刻。他總有一股力量，深深吸引她。上次是她請求他不要再找她，那時她恐懼對他有過多浪漫情懷的想像，而今她覺得自己太殘忍，在大方伯救她逃出虎口後，她竟斷絕了他對她的關心。同情、仰慕、依賴、愛戀，種種複雜的情懷使她站在那兒，看著他，一步也不曾稍動。

妳可以來，隨時可以來。……為什麼這樣看我？妳的眼睛真像妳媽媽的！

這時，她移動了腳步。母親的影子又籠罩了過來。她回到餐桌，注視那殘留的年糕，問他，我媽媽做的年糕好吃嗎？

告訴她，真好吃。

她想要一份堅穩的愛，晉思沒辦法給她，大方伯對母親的愛堅穩了二十來年，母親卻無福消受。她知道大方伯這邊對母親的感情，卻無從知道母親的，因為她不想知道，在目睹了母親辛苦維持婚姻與家庭後，疑問已屬多餘。

玻璃窗外明燦的繁華之都準備迎接新歲，擾攘的車燈逶迤成河。她說，這個城市變得太快，每一次回來都有新的大樓，馬路在變寬。一說完，她馬上警覺到大方伯正是因城市的改貌而擴充他的財富，他是那個為城市裁新衣的人。他知道時機，他嗅得到社會變動時金錢擺在哪個角落。

她走出他堅固時髦的建築大樓，坐入他的豪華轎車。他說要送她回家，太晚的緣故。

她以為要過一段很長的時間才會再來，沒想到，第二天就又回到他素雅寬大的家，和她的母親一起來。

24

那晚大方伯將轎車駛近她家巷口，她下了車，和站在巷口的祥春迎個正著，祥春彎下腰看車內的駕駛人，他和大方伯點頭打招呼，大方伯搖下車窗探出頭來想跟祥春說什麼，祥春已經退了幾步遠，拉著祥浩往巷內走去。拉得太急，祥浩要跟上他的步伐，快步向前時，扭傷了腳踝。她側著腳一跛一跛跟上去。一邊說：「你對人家太沒禮貌了。」

祥春不理會她，快進門才放慢腳步，站在門廊細微的燈光下說：「我很抱歉。我以為妳不和他來往了。」

她不知道祥春為什麼對她和大方伯來往這麼敵意。祥春問：「這麼晚了，妳整晚和他在一起嗎？」

「我去他家。」

祥春不說話，逕自走進門。祥浩要跟上去，但剛才扭傷一停下來，再要起步，扭傷的地方特別痛，她不禁叫了一聲，祥春回頭見她舉步困難，返身扶她進門。祥浩把背包丟在矮几上，跌坐在椅裡，揉著腳踝。母親走過來，吩咐祥春拿萬金油，她要幫祥浩推拿。祥春走過來，遞給母親萬金油。母親打開瓶蓋，挖出一些油膏敷在她的腳踝關節附近，然後一隻手捧著她的腳心，一隻手為她推拿。有力的手在皮膚上揉出一股熱氣傳進她的筋骨裡，她想著大方伯交代她向母親說年糕好吃，卻怎麼也說不出口。母親問她，去哪裡？她說，去朋友家坐坐。祥春在一旁，一聲不吭。

給我一枝筆，壓妳的穴道。母親說。

我的背包裡有筆。祥浩伸手，示意祥春幫她拿背包。

祥春從茶几上拿起背包，說，我幫妳拿。

他一邊說，一邊翻開背包。祥浩想阻止已太遲。事情在這一瞬間注定了真相的揭曉。二十幾年的隱瞞，在這個輕輕的打開背包的舉動裡，赤裸裸的，從久埋的幽洞裡醒來。

祥春拿出一盒保險套，他的手幾乎凝結在空中，祥浩看見他的舉棋不定，看見他悲痛的神色在冷白的燈光下顯得如臨大敵。那是晉思給她的，最後一夜，沒有派上用場的保險套，她隨手放在背包裡，因和晉思分手，沒刻意把它丟棄，彷彿想留著他手上的溫熱，也就一直擱在背包裡。母親背對著祥春背對著她的隱私。祥春遞給母親一枝筆，同時望向祥浩，他冷肅的臉上浮現鄙夷和近乎絕望的哀傷，祥浩心頭一震，這個表情帶著什麼嚴重的訊息對她判刑，難道祥春判她有失禮教，但她長大了，她有交男朋友的自由。她投給祥春一個反抗的眼色，懷疑是不是祥春怪她從沒告訴他晉思這個人。但祥春收到了她的眼神，他的臉頓時失去表情，彷彿徹底的失望。然後，是他的聲音，告訴母親說，媽，祥浩和大方伯交往一段時間了，妳自己問伊吧！他把那盒保險套塞給母親。

母親的手停止所有動作，靜靜的扶著她的腳踝，近似停止的畫面，臉上驚慌、猶豫、不安交織。抬頭望她。

祥浩嗅到了不尋常的氣味。她原想立即跟母親解釋和晉思的感情，求得她的了解。但祥春這時跟母親說，伊長大了，妳得告訴伊真相，不然，後悔不及……。母親別過臉去，用更驚異的表情看著祥春，久久不發一語。祥浩不說了，她等待迷霧自己散去，等待他們的對話。

你知道什麼？母親問。

我是阿嬤的大孫，伊告訴我了。

母親沉默，望向神龕，香炷正飄出最後的餘煙。然後，眼神失去了方向，她垂下頭來，呢喃自語，伊向我保證無人知的。

祥春也低頭說，那年伊重病，我回去看伊時，伊要我留在心上，交代我將來媽媽若不講，我得講，總要讓伊們相認。

母親仍然低頭，她頸項的數條紋溝隱隱滲著光亮的汗水，而那是略有冷風的冬夜。祥浩忘記了腳上的痛，她知道他們在談論和自己有關的事，她放輕呼吸，怕聲息阻撓她聽取他們的對話。母親再抬起頭時，臉色漲紅，眼裡滿布血絲，頃刻間雙眼腫脹，她伸手握住祥春的兩肩，好像有千言萬語，嘴唇不斷顫動著，一句話也沒說出來。反倒祥春拉下她的手，將她的兩手緊緊握在他的手掌裡。

母親轉移了注意力，問她，這盒是誰人在用？

祥浩不回答，她以為只有保持沉默，才能解開迷霧。

你和伊交往多久？

祥浩沒有回答。

母親和祥春交換了沉重的眼神，母親又望向神龕，屏氣擠出了一句沙啞的聲音，明天帶我去伊家！

那晚上祥浩輾轉反側，母親幾度來敲門，她的手總到了門把手又縮回來，她暫時不能解釋任何事，否則方才祥春和母親所營造的那個氣氛凝重的駭人迷霧就不可能散去，她得緘默的等待那彷彿與她息息相關的事件因誤解而揭曉。

挨到天亮，她撥了電話給大方伯，那邊一聽他們將造訪，似乎也慎重以待。她和母親出門時，父親剛回家，一臉蒼白與委靡，母親匆匆看他一眼，說明要去辦年貨，就匆匆逃一般的走了出來。母親編派的謊話使祥浩擔憂了起來，她意識到即將面對的事情的嚴重性，因為母親不是個編派謊言的人。

他們坐在大方伯的客廳裡，她注意到母親並不在意屋裡的任何東西，她靜靜坐在大方伯對面，沒有太多客套的問他和她女兒的交往。母女的神色使屋裡的這個男人警覺，祥浩傳給他一個保持神祕的暗示，他似乎懂了，他不斷讚美她，卻未提他常常去餐廳看她，未提他從餐廳將她救出來。但母親更直接的問他是不是愛上她的女兒。祥浩看見大方伯神色嚴峻，似乎想辯解，望了祥浩一眼後，方啟的唇又緊閉。沉默，沉默在這兩個人之間互通感應，使當母親的人難以等待。

你們都不說，今日我來了，不管你們是黑是白，事實已經掩蓋不住了。

沒有回聲，兩對眼睛望著這名意志堅決的婦人。

婦人望著大方，眼神變得溫和，問他，你對伊可無一點懷疑？

大方伯的眼光在他們母女之間流轉，然後停在祥浩臉上，他們互望，互相尋找彼此臉上熟悉的神情。耳邊聽到母親平靜的聲音，說，伊是你女兒。

他們互望的眼光如雷鳴電閃，那個父親的眼裡開始凝聚淚水。祥浩走出了迷霧，卻是那麼的泫然欲泣，她強忍住淚，想聽一則故事，但見父母兩人像在彼此的臉上尋找回憶，跌入了過往時光。她了解母親一走出這裡，絕不會再走進來。她說，我出去走走，我的事以後再告訴我。

她不知道他們有沒有聽清楚，她打開門，走進電梯，那扇闔上的門裡也許正搬演著她的身世，而她此刻只覺孤單。她走出大街，馬路爭道的汽車那麼真實的在陽光下疾駛，她卻陷在老時光的愛情揣測裡。她走到愛河，沿著河邊漫無目的的走，不知道可以走到哪裡，河邊漫散些許腥臭，小時候她來這裡玩，河水是清澈的，市政府要整頓愛河，說了好幾年了。愛情也需要整理，在必要的時候。這一刻，她能了解晉思的飄浮和孤單，就像她走在河邊，卻不知身在何處。與她論手足的兄弟竟是流著不同血脈！她轉入另一條街，忙著過年的人們使市集喧騰，那兒有一座公用電話，她走近拿起話筒，想打電話給晉思，告訴她和他雷同的身世，撥了幾個號碼就放下聽筒，那已是個找不到人的號碼了。

25

春陽，暖和、明亮，淡水河域閃動著銀翼緩緩流淌，野鳥保護區綠林濃密蓊鬱，水域似乎更寬廣，火車軌道早已拆除，從市區通向小鎮的捷運工程歷經波折後，終於為了正式營運而進入試乘期。這天非假日，試乘客稀少，車廂空蕩蕩，捷運軌道架高在街的上方、樓與樓的中間，車廂行走在城市的半空，參差不齊的樓宇透出雨水浸透的蒼灰。祥浩坐在塑製坐位上，眺視城市的上半部，以前，許多年前，當她還是學生時，她搭火車往小鎮，那時只看到了城市的下半部，舊的軌道消失成歷史，新的軌道使城市的上半部顯影，於她，下半部的景致如過去讀書那段日子，只存在她的那個時代，現在這上半部是進行式，搭乘車廂來來往往的人，正在寫他們的生活。

軌道尚稱平穩，淡水河在左邊，美麗的盆地出口，昔日淡水立鎮的經濟命脈，她與它對望數年的河流，她已經數年不曾來這裡了，雖然仍住在台北，倒不曾循著河流來小鎮。她在城市的另一個大學教書，忙碌使她忘了海口小鎮，也許是心裡刻意的迴避，從當研究生後就不曾回母校校園了。現在，她手上捏著一封信，要去小鎮，聽說那裡的面貌有許多改變，她一點也不驚奇，因為整個台北城在幾年之間已陷入怪手和塵灰的遊戲場，成為商人瓜分利益大餅的砧板、政客扮演鬼神的大祭壇，留在這城裡不是自愚就是被愚，最終都因為了尋找城市的家土溫暖，帶著期待蒙著眼睛過日子。她慶幸自己在校園裡還有一點做學問的理想，雖是孤單了點，也是選定學術時就已知的，這種孤單是用來餵飽精神的，日子倒還稱心滿意。手上這封信她在車廂裡反覆閱讀了幾次，邀請她來母校，和他一起為學生的社團聯誼舞會開舞。

跳舞，也是很久以前的事了。她是在大三那年以後就不再跳了，初進學校時，晉思請她跳了一支舞，以後他們曾共舞過，她在他的畢業舞會上曾進會場以為也許有機會跟他再跳一次，送他離開校園，但那天等了一晚，曲終人散了，沒有他的舞影，以前他常參加別人的畢業舞會，輪到自己的倒缺席了。第二年，她的畢業舞會，她也缺席，那時已經沒有跳舞的任何情緒，她把她的入場券送給一個大一女生，她從那個女生身上看見剛進學校時好奇的自己。現在校園裡有更多彷若相識的年輕女孩了，她的學生裡，不乏自己當年的影子，但青春洋溢的日子已如水逝去，她不緬懷，她早已知道如何過自己的日子了。

信上說，他未婚，初從國外回來，學生對他很熱情，他去社團和學生處在一起，他喜歡學生，喜歡社團。

他說他會到總站接她。其實她可以自己開車過來，開車上山崗，但她選擇捷運，為了重溫當年坐火車的沿線風景，那時她也曾和他一起坐火車看窗外的紛亂與寧靜。她知道他最後去美國讀了博士，在學校任教過，決定回母校是太想念這兒了，一切安頓下來，他聯絡了她，他想看她。

她相信出站時，他一定認得她，她仍然留了一頭長髮，雖然這中間長長短短變換了無數次，這時倒是長過了肩膀，像他初識她時；除了皮膚不如年輕時候緊實外，一切沒有改變，沒有改變，包括她的單身。她曾和男生交往，但沒辦法談論婚嫁，她幾乎算是負人的人，可是母親支持她，母親說若不能真心相愛就不要結婚，要嫁必須嫁給最愛的人。

車廂穩穩的停下來了，昔日的火車站變成紅磚堆砌的古典建築，大大的延展附近腹地，站後原來的漫草淺灘闢成河岸公園，小徑一直通到渡船頭。她出車廂沿階走下，一個戴眼鏡的青年早等在那兒。她認得他，除了前額略禿外，他的沉穩氣質猶勝於前。

他也是識得她的。

「嗨，妳還是一樣！」

「一樣什麼？」

「一樣漂亮！」

「倒學會說好聽話了。」

他笑笑，引她過馬路，邊說：「我原想開車下來接妳，但想妳也許願意走路上去。」

「幸虧還不算太老，還爬得動！」她是真的想走走，爬坡。

他們沿狹路上山，路旁的商店幾乎都換新貌了，服飾、飲食、眼鏡的幾家連鎖集團已進駐到這條狹路上，儼然已成鬧區，足見學生的消費能力改變了這條路的面貌，商人也侵蝕了學生單純的生活。

「回國來，還習慣嗎？……這一切，亂糟糟的！」祥浩問。

「愛一個地方就會接受它的壞處。」

他是成熟的，祥浩心想，可不是，以前在學校他就是寬容體貼的人。多年不見，只覺這人加倍的好。

往上坡走，這條走過無數次的路和斜坡，她永遠也不會忘記的，多少個星星的夜晚，她抱著吉他一路走上來，爬台階，氣也不喘一口。克難坡比她印象中的小了，也許是因她年齡長了，見識也多了，過去以為稀奇的，如今都不再那麼驚心了。她跨上第一個台階，一步一步慢慢走上去，並注意他的腳步，他是登山好手，走這個台階難不倒他的。走到中間平台，她扭頭過去看坡下遠處的小鎮人家，新樓與舊舍交錯，只有河水仍悠悠匯向出口，原來事物都要變的，而河山靜觀其變，但即使是舊日河山又豈能識她，人在變化裡學著接受變化。

他問她看什麼。

「看現代商業版圖如何瓦解一個淳樸的小鎮，如何消滅許多人記憶裡的東西。」

「別看了，這小鎮起碼有一個紅毛城是資本家不能拆毀蓋大樓的。」

微笑掛在兩人唇邊，嘲諷的向最後一階邁進。祥浩心中雖對他那句話感到酸楚，可是她的臉上慣於表示無動於衷了，她沒有讓他看出她對小鎮的失望。

走上最後一階，她問他：「說真的，你為什麼回來，既然在國外已有教職，為什麼不在那個許多人急著移民過去的社會留下來？」

「妳呢？妳學外文的人沒出去，我們學工程的去取了經自然該回來。」

她淡淡的說：「我曾想出去，一來沒錢，二來我想陪我媽，我不忍離開她許多年。」她沒說出完整的原因，她的生父曾想資助她留學，她拒絕了，她失去了那麼多年的機會認識自己的生父，她的歲月還長，父母的歲月卻怎麼也比不過她的，所以她留下來，安慰母親、生父對她的愛，及那幸運的仍被蒙在鼓裡的從小叫到大的父親。

她不知他是否也沒說明完整的原因，他們走到銅像前，她驚訝銅像下的台階已被花圃取代了，原以為可以在那台階坐坐，望對面的山與河。他主動告訴她：「是的，台階已經沒了。記不記得我曾在銅像前跟你說，有心的人會彼此相尋……」

「我了解……」

既沒台階可坐，只好沿路走上去，他說：「那時，我原想請妳坐在台階上唱首〈橄欖樹〉……」

「那天我沒唱。」

「妳也沒忘那天我講的話？」

祥浩微笑看他，都已經這些年了。她現在偶爾唱流行歌西洋歌自娛，很久沒唱〈橄欖樹〉了。她清了清喉嚨，為這個遠歸的遊子唱起這首又老了數年的歌。從宮燈道一直往活動中心走，她沿路清唱，往日情景一一如在眼前，活動中心那晚，她在台上唱，晉思在二樓看，後來晉思真的去遠方追求他夢中的理想境地，沒有回來，也許他在一個有甘泉的地方安居下來，也許在一個草原很遼闊的鄉間過著平靜的日子，或在華爾街得意，在企業大樓當西裝族。她不知道。他們各自找尋自己的橄欖樹，她雖沒去遠方，心情卻早已飛遠了，悠悠蕩蕩的一個寄望存在日子之中，說不上來的。幸運的只有如珍，她成了她的大嫂，養了兩個孩子，一男一女，祥春開了一個室內工程公司，如珍幫公司打點瑣事，他們賺了些錢，勤奮的兩夫妻讓錢像滾雪球般越滾越大，如珍一天也沒當上老師。他們一切符合標準，也符合了如珍想發財的願望。

離社團舞會還有一些時間，他請她去側門喝咖啡，活動中心地下室的社辦也已搬遷到別的大樓，新的圖書館高高聳立，掩踏了原來純靜的平房宿舍與滿園花草。這代的孩子還會有校園民歌嗎？對她而言，民歌在她丟掉吉他之時就丟棄了，現在真的只唱給他聽。她和他，兩個人坐在咖啡館裡，壁燈昏黃，這幾年就在恍惚的燈影間過去了，都是讀書人，都是桌前燈下過活的人。他說：「我們組個小合唱團，有歌藝不唱多可惜！」

了。

「好呀！」她說，生活該有一個休閒的方式，老朋友回來了，歌聲彷彿也由他帶回來了。

「妳頸子掛的是枚印章嗎？很美的綠色。」

是紅絲帶繫著的玉石印章，她沒有金鍊，沒有鑽墜，她已經過了三十歲了，過了晉思說的那個年齡，也許他結婚了，也許他把她給他的那枚印章搞丟了，可是她這枚一直繫著，紅絲帶換過了幾條，印章還是印章，掛在胸口吸取體內的溫熱。她解下紅絲帶，將印章放在他手裡，印章的溫熱也傳進他的手裡。

他讚美那枚印章的刻工，祥浩將印章收回來，掛回頸項。刻印章的老師傅五年前不再替人刻了，他的刻工細，眼力吃不消，重慶南路的人潮也在消退中。這枚印章項鍊她不會拿別的來取代，掛慣了，成為每天要碰撫的東西，刻著她的名字的章面，有晉思的唇熱。

接近舞會的時間，祥浩突然想起，問他：「你不是不跳舞嗎？」

「人生有時候也得破例。」

咖啡香醇，他們為了事業前途，一向與時間競走，等待舞會開始的這片刻，像是特別奢侈，許多同學的去向都進入了他們的話題，他們中英文交雜使用，高昂的談興使他們看來特別年輕，像昨天才進了大學的門。而祥浩在閒聊中，常常想起進校門的第一支舞，因為這晚，舞曲將再起，她又要跳舞了。

當代名家·蔡素芬作品集2

橄欖樹 二版

2014年5月二版
2021年1月二版三刷

定價：新臺幣260元

著者 蔡素芬
叢書編輯 邱靖絨
封面設計 兒日
校對 吳美滿

出版者 聯經出版事業股份有限公司
地址 新北市汐止區大同路一段369號1樓
叢書主編電話 (02)86925588轉5305
台北聯經書房 台北市新生南路三段94號
電話 (02)23620308
台中分公司 台中市北區崇德路一段198號
暨門市電話 (04)22312023
郵政劃撥帳戶第0100559-3號
郵撥電話 (02)23620308
印刷者 世和印製企業有限公司
總經銷 聯合發行股份有限公司
發行所 新北市新店區寶橋路235巷6弄6號2F
電話 (02)29178022

副總編輯 陳逸華
總編輯 涂豐恩
總經理 陳芝宇
社長 羅國俊
發行人 林載爵

行政院新聞局出版事業登記證局版臺業字第0130號

本書如有缺頁，破損，倒裝請寄回台北聯經書房更換。 ISBN 978-957-08-4395-8 (平裝)
聯經網址 http://www.linkingbooks.com.tw
電子信箱 e-mail:linking@udngroup.com

國家圖書館出版品預行編目資料

橄欖樹 二版/蔡素芬著．二版．新北市．聯經．
2014年5月（民103年）．240面．14.8×21公分．
（當代名家．蔡素芬作品集2）
ISBN 978-957-08-4395-8（平裝）
[2021年1月二版三刷]

857.7 103007301